「攘夷」の理念とは、外国の侵略から「神州」を守るということであり、この思想は尊皇と不離一体なのだ。幕末に攘夷が熱狂的に叫ばれたのは、尊皇主義が愛国心を喚起したからでもある。こう書いてゆくと、幕末という時代が、後の十五年戦争の悲劇の根源であるように思えてくるが、事実そうなのだ。この事実をごまかしてしまうと、幕末という時代が正確な姿を現わさない。それはちょうど、二十世紀の革命を語るのにマルクス主義についてを触れないのと同じぐらい無理のあることなのだ。

おそらく現代日本人の多くは、坂本龍馬や高杉晋作が命を賭して創ったものが、ようするに「大日本帝国」だったとは思いたくないのだろう。

けれども、幕末の志士たちが遺した和歌を読むと、その詩情は「尊皇」の精神に貫かれている。志士たちが夢見た新生日本の姿は、一君万民主義、天皇の下ではすべての人々が臣民として平等であり、皇国の民として一致団結できるという思想であった。これはユートピア社会論である。しかし真の革命思想というものはつねに理想郷を描いているもので、この理想郷を地上に実現させるために豪商や豪農が惜しみなく私財を投げうち、多くの若者が命を捧げたのである。江戸時代が身分制社会だったことを思えば、私はこの思想の根本理念を美しいと感じる。吉田松陰の「草莽崛起《そうもうくっき》」論もここから生まれてくる。

司馬遼太郎先生は、ことあるごとに「攘夷のエネルギーが維新を成立させた」と書いているけれども、よほど尊皇のエネルギーの方が強かったはずだ。尊皇のエネルギーが強すぎたために、政略的に「錦の御旗」を掲げた側が官軍の名を高言し、政敵を賊軍呼ばわりして血祭りにあげるというあやまちも犯した。

いまや「幕末」は慢性的なブームといえる。多くの映画やドラマが次々と製作されている。しかし主人公として取り上げられる人物はほぼ固定されており、それ以外の志士たちは完全に脇役にされている。脇役の志士たちはいたずらに尊皇攘夷を叫ぶ短慮な描かれ方をしているけれども、そうではないだろう。一人一人の志士たちに高い志と崇高な理想があったことに思いを馳せないと、幕末の実相は決して見えてこないだろう。

幕末という時代は何だったのか。それを知る最大の手がかりは、この時代を生きた人たちの心情に触れることだと思う。当時、漢詩を書くのは教養人で、和歌は寺小屋程度の教育を受けたものなら誰もが書けた。和歌の方が生活に密着した表現形式だったから、率直な気持ちを表現しやすかったはずである。

ここに厳選した和歌のいくつかは、戦時中、戦意高揚のために日本文学報国会が編纂した『愛国百人一首』にも収録されている。以来、優に半世紀以上の歳月を経た今、幕末のポエジーはどう読み継がれてゆくだろうか。本書の特徴は、和歌の通釈を載せなかったこと。詠み人の素描と、時代背景と、若干の私見を歌に添えるにとどめた。

ここに歌を収録させていただいたすべての国事殉難者の魂に心から感謝を捧げます。

著者

幕末歌集　目次

第2章　尊皇の火花　51

第三章　倒幕の風　105

第四章　北の砲煙　141

幕末歌集

——志士たちの墓碑銘

第一章　黒船来航

1

泰平の眠りをさます上喜撰《じょうきせん》
たった四はいで夜もねむれず

狂《きょう》歌《か》

「上喜撰」という銘柄の茶と、嘉永六年（一八五三）、ペリー提督に率いられて浦賀に来航した四艘の軍艦（蒸気船）をかけている。

徳川幕府は約二百六十年間、外国との交易を厳しく制限してきた。わずかに長崎の出島だけが公式に海外へ開かれた貿易の門戸だった。長らく自給自足してきた日本の眼前に、突如「外国」が出現する。まさに驚天動地の事態だったろう。だが、この事態を幕府上層部は事前に知っていたし、一部の藩と在野の知識人たちも予測していたのである。ペリーが日本に向かっているという情報は一年も前から長崎奉行が入手しており、さらにその情報が薩摩藩経由で広く漏洩していたのだ。「泰平の眠り」といっても、当時の日本の進歩的知識人は、小さな出島から入ってくる海外情報を貪欲に吸収し、かつ正確に分析しており、「アヘン戦争」の詳細まで知っていた。欧米列強が植民地獲得にやっきになっているという当今の国際情勢を十分に把握していたのだった。しかし幕府の高級官僚らは事前に何の準備もしていなかった。事の重大さを実感できなかったのだろう。あげくに庶民と一緒になって狼狽した。この狂歌は制作年が不明なのだが、当時の日本の雰囲気をリアルに描写している。

一方で、一部の藩と在野の知識人たちは、この瞬間から、国の行く末と国防について具体的に思案し、行動を開始する。

「幕末」の始まりである。

2

すめらぎの御代《みよ》を昔にかえさむと
思ふ心を神もたすけよ

橋口壮介《はしぐちそうすけ》

ペリーが率いる艦隊は、舷側から砲門を突き出して一戦も辞さぬ構えであり、幕府との交渉中も測量を名目に江戸湾深く侵入してきた。幕府はこの「砲艦外交」に屈服し、米国と不平等条約を結んだ。後に西洋列強諸国とも同等の条約を締結することになってしまう。

しかし日本は外国の植民地にはならず、それからわずか十五年で明治維新を達成した。

　幕末という時代の原動力は「尊皇」思想である。水戸藩の学者会沢正志斎は、ペリー来航以前から西洋事情を深く研究しており、欧米列強の強さは近代兵器とキリスト教による民心の統一にあると分析していた。特に後者の要因を重視し、日本も天照大神の子孫である「天皇」の元で、日本人が「億兆心を一」つにすることができれば外国に対抗できると考えたのである。正志斎の主張をまとめた『新論』は当時のロングセラーになり、志士たちの思慮と行動の指針になった。

　また、近世以来、「太平記」の講釈が大衆芸能として広く人々に愛されており、天皇のために戦った建武中興の皇臣や武士は庶民のヒーローであった。楠木正成などはさしずめ現代の坂本龍馬のような存在だった。

　右の歌は、天皇（すめらぎ）が政権の頂にあったかつての王朝時代に日本を戻そうという祈りであり、幕末の志士の精神性をよく表している。詠み人の橋口壮介は薩摩藩士で、後述する寺田屋事件で落命した。享年二十二。

3

朝夕に民やすかれと思ふ身の
心にかかる異国《とつくに》の船

孝明天皇《こうめいてんのう》

鎌倉に武士政権が発足して以来、日本の統治権は「幕府」のものとなり、天皇は飾りのような存在だった。しかし諸外国の驚異にさらされるという国難にあたって、再び天皇の存在がクローズアップされることになる。

江戸時代は学問の盛んな時代だった。国文学や国史学の研究によって日本固有の文化や精神世界が再発見され、そもそも日本という国は徳川幕府のものではなく、上古より天皇のものであると主張する学者が数多く現れた。それらの学説は教育水準の高かった庶民にも広く受け入れられ、幕末期、尊皇思想はすでに世間の常識的な考え方になっていたのだった。

この時期廟堂《びょうどう》にいたのは孝明天皇である。

孝明帝は「鎖国」を神代からの祖法だと信じていたようである。また、動物の肉を食べる外国人を「穢《けが》れ」たものと感受していた。祖法を守り、国土を穢れから守りたいという願いは、国と民の平安を望む孝明帝の感性にとっては当然の主張でもあった。しかも孝明帝は歴代の天皇の中ではめずらしく自分の意思というものをしっかり持っていたため、幕府の開国政策と真っ向から対立することになる。尊皇思想がやがて倒幕論へと展開する動因はここにある。

孝明帝の外国嫌いは、尊皇の志士たちを「攘夷」へと駆り立てた。外国船を打ち払えというスローガンの下、壮絶な闘争が始まるのである。

4

飛鳥川きのふの淵はけふの瀬と
かはるならひをわが身にぞ見る

長野主膳《ながのしゅぜん》

「尊皇攘夷」の気運が全国的に高まる中、大老に就任した井伊直弼は、弱体化しつつある徳川幕府の権力強化に乗り出した。この直弼が、絶大な信頼をよせた側近が長野主膳である。

主膳の出自や前半生はまったく不明である。二十代の後半から国学者として名を上げ、彦根藩主の十四男としてひっそりと暮らしていた若き直弼と親交をもつようになる。以来直弼のブレーンとして活躍し、共に出世の階段を登りつめた。

日米修好通商条約の無勅許調印、十四代将軍家茂の擁立、安政の大獄など、大老直弼の独断政策と思われているものは、実際はすべて主膳の進言による。

外国との条約を朝廷の許可を得ないで調印したことについて、天皇や諸大名、尊皇の志士たちが激しく非難して大老の不信任運動を展開すると、主膳はこれを徹底的に弾圧した。悪名高き「安政の大獄」である。この恐怖政治によって処罰された者の数は、大名・幕臣・公卿・志士ら百人以上にもおよぶ。この結果、志士たちに報復されて直弼は暗殺された。

主膳は直弼の死後もしばらく彦根藩内で権力の座を維持していたが、尊攘派のクーデターにより失脚、斬首された。右は辞世の歌である。出自も半生もわからない男が政治権力の頂点を極め、やがて奈落の底まで落ちた。幕末という乱世を象徴するような人物であった。享年四十七。

5

身はたとひ武蔵野の野辺に朽ちぬとも
留《とど》め置かまし大和魂

吉田松陰《よしだしょういん》①

安政の大獄で検挙された志士たちの中に吉田松陰がいた。松陰が江戸へ召喚された理由は、反政府活動の容疑で軽い取調べを受けるためであったが、取調べの最中、幕府の政治を厳しく批判、あろうことか自分から幕府要人の暗殺を計画していたと自白し、斬刑《ざんけい》に処された。

処刑される少し前、松陰は愛弟子の高杉晋作に宛てて手紙を書いている。晋作は以前「男の死に場所はどこにあるのでしょうか」と死生観について松陰に質問をしたことがあったのだ。松陰は手紙の中でこう答えている。「死して不朽の見込あらばいつでも死ぬべし。生きて大業の見込あらばいつでも生くべし。」

また、獄中で執筆した最後の著作の中でも「人生には自ずから四季がある。十歳で死んだ子には十歳の四季があり、二十歳で死んだ者には二十歳の四季がある。十歳が短いというのは、夏の蝉を、樹齢数百年の大木にしようと願うようなものだ」と書いている。

処刑の日、潜戸から出た松陰は獄中の同志らに向かって叫んだ。それが右の歌であり、続けて「われ今国のために死す。死して君親にそむかず。悠々たる天地の事。鑑照、明神にあり。」と吟誦した。

松陰の首を斬った役人は明治十七年まで存命しており、松陰の最期の様子をこう語り残している。「悠々と歩を運んできて、役人たちに一礼し、ご苦労様と言って端座した。その堂々たる態度には、幕使も深く感嘆した」

6

親思ふ心にまさる親心
けふのおとずれ何ときくらん

吉田松陰《よしだしょういん》②

吉田松陰は文政十三年（一八三〇）、長州藩士杉百合之助の次男として生まれた。好学の士であった父のもと、一族そろって学問に励む家柄で育った。家計は貧しかったが、父や叔父が野良仕事のかたわら松陰を熱心に教育した。五歳で兵学師範吉田大助（叔父）の養子となり、わずか十一歳で藩主に兵学の講義をしている。

青年となってからは日本全国を遊学してまわった。ペリーが来航したときは米国への密航を企てて失敗し、国事犯として郷里へ強制送還されている。そんな松陰のことを家族は決して批判せず、むしろ良き理解者として励まし続けた。松陰が実家の敷地内で始めた私塾「松下村塾」には、松陰を慕って多くの若者たちが集まった。その中には後の奇兵隊総督高杉晋作や、初代内閣総理大臣伊藤博文などがいた。

反政府的言動の嫌疑で江戸から召喚命令がきたとき、すでに松陰は長州藩政府の手で逮捕されていたが、司獄の特別な計らいで一夜だけ実家に帰ることができた。この時、母の瀧は嫌な予感がしていたのか、風呂場で松陰の背中を流してやりながら「江戸に行っても、どうかもう一度、無事な顔を見せておくれよ」と言った。松陰は微笑んで「お母さん、見せましょうとも、必ず無事な顔を見せますから、安心してお待ちください」と答えた。

だが松陰は斬首されてしまった。

松陰が親族に宛てた遺書の中に、この歌が書かれている。享年三十。

7

箱根山越すとき汗の出でやせん
君を思ひてふき清めてん

吉田松陰《よしだしょういん》③

外国と戦うのなら、まずは敵を知らなければならない、という兵学者らしい考えから松陰は米国への密航を企てた。けれども失敗し、藤丸籠に詰め込まれた姿で郷里へ送還された。この後二年半、牢獄で暮らすのである。

松陰は獄中で勉強会を始めた。囚人たちに儒学を講義したり、皆で俳句を作ったり、書道の稽古などをした。その中に唯一の女囚高須久子がいた。

久子は上流武家の未亡人だった。音楽が好きで、三味線の演奏家をしばしば自宅へ招いて歓待した。この行為を「密通」と断罪されたのである。松陰よりもひとまわり歳上だったが、二人は仲が良く、和歌や俳句のやりとりをしている。松陰が出獄したとき久子は「鴫立ってあと淋しさの夜明けかな」という送別の句を送った。鴫は松陰の字《あざな》「子義」にかけたものである。

松陰は孟子の「性善説」の信奉者だった。人間にとって身分や肩書きや性別は属性に過ぎず、志のある人物なら誰にでも敬意を払い、親しく交際した。松陰の獄中勉強会と松下村塾の精神は同じである。長州藩がいち早く身分制度の枠を越えて結束し、挙国一致体勢を整えることができたのは、塾生たちの活動によって松陰の思想が広く波及したからである。

死出の旅路となった江戸召喚の際、久子は手ぬぐいを松陰に送った。その返礼に書かれたのがこの歌だった。学究と政治活動に己を捧げ尽くした松陰は、生涯独身をつらぬき、童貞だったといわれている。

久子は明治元年、釈放された。

8

まかる身は君が代思ふ真心の
深からざりししるしなりけむ

頼《らい》三樹《みき》三郎《さぶろう》

頼三樹三郎も安政の大獄で刑死した志士の一人だ。彼の父は幕末期の大ベストセラー『日本外史』を著した頼山陽である。
幕末の志士で『日本外史』を読んでいなかった者はいないといわれる。この書物の発行以前、「歴史」といえば中国史のことであり、日本通史を描いたものはほとんどなかった。

山陽は源平の争乱から始まる日本の武家政権の変遷を漢文体でスピーディに描いたのである。特に合戦の描写は血湧き肉踊るおもしろさ。売れ筋の本に特有のエンターテインメント性を多分にもっており、多くの読者を魅了した。

この一冊が幕末に及ぼした影響は計り知れないほどのものだった。武家政権の変遷を描くということは、それが変遷するものである以上、絶対的なものではないということを人々に教えてしまったのだ。徳川幕府は絶対的な存在ではない。しかも武家政権は天皇の許可を得て発足するものなのだから、武家よりも天皇のほうが上位に位置するのである。この本の愛読者が尊皇の志士となり、やがて倒幕を発想するのは必然だったといえる。

三樹三郎は官学生のころ、寛永寺の石灯籠を壊すという事件を起こしている。寛永寺は徳川氏の菩提寺であり、当然退学処分を受けている。すでに父の影響を濃厚に受けていたのだろう。ペリー来航以前から勤皇の志士として活動しており、幕府政治を激しく批判した。安政の大獄で斬首されたのは彼の宿命以外のなにものでもなかった。享年三十五。

9

ふたつなき道にこの身を捨て小舟
波立たばとて　風吹けばとて

西郷隆盛《さいごうたかもり》

大老井伊直弼を失脚させるべく奔走した志士の中に、西郷隆盛もいた。西郷は薩摩藩主島津斉彬に見出された下級藩士であったが、持ち前の利発さと行動力を高く評価され、斉彬の片腕として政治の第一線で活躍する。しかしその斉彬が急死し、安政の大獄が猛威を振るうと窮地に立たされ、中央政界で共に活動した同志、僧月照を連れて薩摩へ逃亡した。

ところが薩摩藩政府は、幕府の追及を恐れて月照の入国を拒否する。絶望した西郷は、月照とともに入水自殺を計ったが、月照のみが死に、西郷はかろうじて蘇生してしまう。この歌はそのとき書かれた辞世の句である。

西郷は生涯に二度、島流しにされている。

自殺未遂の後、幕府の目をくらますべく藩政府によって奄美大島に流された。二度目は反りの合わなかった国父島津久光の逆鱗に触れて沖永良部島へ。この時はわずか二坪の牢屋に一年六ヵ月も閉じ込められている。離島の過酷な環境の中で西郷は陰嚢水腫にかかり、生涯馬に乗るにも不自由な身体になってしまった。この当時の西郷の手紙には「もはや二度と島から出られないとあきらめた」とか「馬鹿らしい忠義立てなどもうしない」などと書かれ、絶望しきっている様子が伝わってくる。

しかし西郷は再び政治の世界へと呼び戻され、徳川幕府を倒し、江戸城を無血開城し、幕末維新最大の英雄になった。後に西郷は、こんな言葉を遺している。「いくたびか辛酸を経て、志、はじめて堅し」

10

岩金《いわかね》の砕けざらめや武士《もののふ》の
国のためにと思ひ切る太刀

有村《ありむら》次左衛門《じざえもん》

井伊直弼が外国と通商条約を結んだことは、後世の我々から見ると正しい判断であったと言わざるを得ない。もし拒絶していたら外国に武力侵略の口実を与えていただろう。しかし当時は、外国との不用意な交易が社会に実害をもたらしていたから、井伊批判と攘夷の気運が熱狂的に高まっていった。

幕府は諸外国と通商を始めたものの、金銀の交換比率を明確に定めなかったため大量の貨幣が国外へ流出してしまった。また、生糸の輸出に生産が追いつかず国内消費量が不足して物価が高騰するなど、経済は混乱を極めた。井伊政権は批判されればされるほど弾圧を強化し、すぐれた政治家や思想家を次々と入牢させ、拷問または処刑にする。人々は恐怖し口をつぐみつつあった。井伊の政治が独裁体制と化したのは確実であり、事態は切迫していた。

このとき、水戸藩と薩摩藩の志士たちが井伊の暗殺を計画する。政治に物申すのに民主的な方法がなにもない時代だったから、これしかとるべき道がなかったといってもいい。薩摩側は後にこの計画から手を引いたが、有村次左衛門のみがそれでは義理が立たぬとして水戸の志士らと共に暗殺の実行部隊に加わった。この歌は次左衛門の辞世の句である。

安政七年（一八六〇）三月三日、登城する大老の行列を江戸城桜田門外で襲撃、次左衛門は井伊を籠から引きずり出して断首したが、自らも重症を負って自害して果てた。享年二十三。

11

かれ残るすすきに風の音たてて
一むら過ぐる小夜時雨《さよしぐれ》かな

関鉄之助《せきてつのすけ》

その日、桜田門外は大雪だった。大老井伊直弼を乗せた籠が警護の侍たちと共に彦根藩邸を出たとき、すでに外には18人の刺客が井伊の登城を待ち受けており、大名籠見物を装って往来に紛れ込んでいた。井伊の行列が少し進むと、駕籠《かご》訴《そ》のふりをした男が不意に近づいてきて、いきなり先頭の侍を斬り捨てた。これを合図に井伊の籠へピストルが撃ち込ま

れ、抜刀した男たちが行列へと斬り込む。井伊側の侍たちも必死に防戦するが、刀の柄を雨よけの袋で被っていたために即応できない。斬られた井伊の首が毬のように雪の上を転がった。この桜田事変を起こした実行部隊の隊長が関鉄之助であり、襲撃の指揮者だった。

井伊の死後、幕府は独裁制を改め朝廷との和解を計ったが、大老が白昼暗殺されたことで討幕派を勢いづけ、ついにその威信を回復することができず崩壊するに至る。この事件こそ維新回天のプロローグであったが、桜田事変を起こした志士たちは当初、国事犯として指名手配された。関も潜伏逃亡二年の後、幕使に捕縛され斬首された。享年三十九。

右の歌は獄中で詠んだものである。桜田事変に関わった志士たちが顕彰されたのは明治になってからであり、持病の糖尿病に苦しみながら逃亡し続けた関の最期の心境がよく現れている。なお、桜田事変に遭遇した井伊家の従者たちは、主君を護れず家名を辱めたという理由で、全員が切腹または斬首された。

12

惜しまじな君と民とのためならば
身は武蔵野の露と消ゆとも

和宮《かずのみや》

内憂外患で混乱を極めていた日本に、一つの解決策が提出された。「公武合体」である。将軍家を相続した若き徳川家茂と、孝明天皇の妹和宮を結婚させることで、対外政策をめぐって対立する朝廷と幕府の関係を修復することができるというプランであった。この策が実現すれば日本を一つにまとめることができるだろう。朝廷側は、和宮を徳川家に降嫁

させるかわりに攘夷の実行と鎖国政策の復活を約束させた。幕府側は、朝廷と融和することで失墜した権威を再び回復することができると期待していた。

しかしこのとき、和宮にはすでに熾仁親王という婚約者がおり、関東に行くぐらいなら尼になると言ってこの縁談を拒んでいる。その和宮が、やがて婚約を破約して将軍家に嫁ぐことを決意したのである。その心中は、嫁入り前、兄との別れに際して詠んだこの歌が物語っている。

結局、公武合体によって幕府は権威を回復できなかったし、攘夷も実行されなかった。唯一の救いは、和宮と家茂の仲が良かったことだろう。しかし家茂は二十一歳という若さで病死してしまった。和宮も幕府の崩壊を見とどけた後、三十二歳で亡くなった。

昭和三十年、徳川家墓所の発掘調査が行われたとき、和宮の棺から一枚の湿板写真が発見されたが、空気に触れて一夜で画像が消えてしまった。そこに写っていたのが誰なのか、今となっては誰にもわからない。

13

君がため捨つる命は惜しからで
ただ思わるる国のゆく末

長井雅楽《ながいうた》

幕末に詠まれた和歌によく使われる「君」という二人称は、「天皇」か「主君」を指していることが多い。この歌の詠み人は長州藩士長井雅楽。辞世の句である。
長井は幕末史上もっとも優秀な政治家の一人だろう。外交問題で対立する幕府と朝廷を平和裏に和解させるべく『航海遠略策』を発表した。この策は、実によくできている。長

井はいう。朝廷は諸外国と結んだ条約を破約して鎖国の世に戻せというが、条約を破棄すれば確実に戦争になる。そのとき、太平に慣れた日本の武士団は間違いなく敗れ去るだろう。今はむしろ、積極的に外国と貿易し、国力を高め、軍備を充実すべきときだ。その旨を朝廷が幕府に命じれば、朝廷の威光は保たれ、君臣の関係も正されるだろう。そうなれば日本は、やがて世界を圧倒する強国になれるだろう。

長井の策は朝幕双方から支持された。その内容は尊皇の精神にあふれており、いつの日か攘夷も実行される。幕府はこれまでどおり開国政策を進められるし、武門の職権を維持できる。当今最善の解決策である。しかし、攘夷の即時実行と倒幕を望む長州藩の急進派志士たちから猛烈に非難され、長井は政界から引きずり下ろされたあげく切腹させられてしまった。朝幕の共存などもはや望まれてはおらず、幕府と尊皇攘夷派の衝突は不可避の時勢となりつつあったのだ。長井にはその危険が見えていたにちがいない。享年四十五。

14

日の本の為と思ふて切る太刀は
何いとふべき千代のためにし

伊藤軍兵衛《いとうぐんべえ》

開国した日本に外国の公使館が次々と建てられた。文久二年（一八六二）、その公使館を警備していた武士が外国人二人を殺傷するという事件を起こした。犯人は松本藩士伊藤軍兵衛。平素から日本に駐留している外国人の横柄な態度に怒りを覚えていた。

軍兵衛が警備していたのはイギリス公使館となっていた江戸高輪の東禅寺で、水戸の攘夷派浪士が襲撃してくるとうわさされており、五百人の武士が戒厳態勢をとっていた。その一方で、警備の任にあたっている松本・郡山・岸和田の藩主が「公使館のイギリス人が警備の藩士たちに傲慢な態度をとるので戒告してほしい」と幕府に請願しており、軍兵衛の怒りは攘夷という思想的心情から出たものばかりとはいえない。もし浪士が襲撃してきても軍兵衛は同じ日本人を斬る気持ちがなかったから、自分が率先して外国人を斬る覚悟を固めたのだった。事件後、累が藩主におよばないように脱藩し、切腹した。享年二十三。

十九世紀の欧米列強の態度には、軍兵衛の義憤を奮い立たせるものが確かにあったようだ。上海へ視察に出かけた高杉晋作も、旅日記にこう記している。「支那人はことごとく外国人の使役となれり。英・仏の人市街を歩行すれば、清人みな傍らに避けて道を譲る。実に上海の地は支那に属するといえども、英仏の属地といふもまた可なり」。「わが日本もすみやかに攘夷の策をなさずんば、ついに支那の覆轍《ふくてつ》を踏むも計り難しと思いしなり」。

15

陸奥《みちのく》のそとなる蝦夷《えぞ》のそとを漕ぐ
船よりとほく物をこそ思へ

佐久間象山《さくましょうざん》

「佐久間象山は当今の豪傑、都下一人に御座候」とは吉田松陰の評である。象山は松代藩に生まれ、早くから儒者として頭角を現した。藩主真田幸貫が海防掛老中になると、その優秀さを見込まれて海外事情と海防問題の研究を任され、『海防八策』を提出している。その内容は、国産の大砲の鋳造、砲台の設置、軍艦の建造などであり、当

時の国際情勢をよく理解した者でないと立案できない具体策だった。象山は書物のみで海外を理解したにもかかわらず、実地で外国を見聞したかのように世界の情勢に精通していた。象山が到達した思想は「夷の術を以って夷を制す」。積極的に海外の技術を取り入れて外国と渡り合ってゆくというものであった。当時の日本には欧米列強と互角に渡り合ってゆけるだけの科学技術もなければ軍事力もなく、ことに軍備に至っては戦国時代の装備のままだった。この事実を直視すれば攘夷などと言ってはおられず、むしろ積極的に国を開くべきだと公言したところに象山のすごさがある。一方で、日本人の道徳心の高さは外国の進歩的技術に勝るものがあるとも評している。幕府の命により京で開国論を説いたため攘夷派の手によって暗殺された。享年五十四。

象山には多くの門弟がいて、その顔ぶれは吉田松陰、小林虎三郎、勝海舟などそうそうたるものだった。松陰の米国密航未遂事件のときは物心両面から支援しており、連座して九年間も蟄居させられた。

◆高須久子のこと

吉田松陰をめぐる人々の中で、近年特に脚光を浴びているのが高須久子である。古川薫氏の小説『吉田松陰の恋』(文春文庫)では、久子は松陰が想いを寄せた生涯唯一の女性として描かれている。この小説は『獄に咲く花』と解題されて映画化もされた。久子と松陰の間に芽生えた淡い恋愛感情は、作家の脚色が加わっているとはいえ、実際に二人が獄中で交わした俳諧や和歌を読み解けば十分に察しがつく事実でもある。

よく知られた松陰の肖像画は弟子の松浦松洞が描いたもので、かなり容姿が老けてみえる。師の老成した人柄を描きたかったのだろうが、松陰が亡くなったのは数え年で三十歳。満二十九歳にすぎない。松下村塾の塾生たちから「松陰先生」と呼ばれていたのはまだ二十代後半の青年なのだ。やむにやまれぬ大和魂に、一人ぐらい愛した女性がいても不思議なことではないだろう。

久子の罪状は「姦淫」だったというのが通説であり、親族の借牢によって入獄していたという。つまり彼女の存在は親族の赤っ恥、世間の目からみれば「ふしだらな女」だった。

この通説に修正を加えたのが田中彰氏の研究である。氏の名著『松陰と女囚と明治維新』(日本放送出版協会）は、一人の女性の名誉を復権したばかりか、久子が松陰に与えた思想的影響にまで言及している。以下に続く見解は田中氏の影響を多分に受けている。

久子は非常に音楽が好きな女性だった。趣味が高じて演奏家をひんぱんに自宅に招いたり、時には泊めたりしたことが「姦淫」の疑惑を生んだ。しかし、この事よりも問題視されたのは、その演奏家が被差別部落民だったという点であった。

江戸時代の身分制度の最底辺に位置づけられた人々の中には、生産活動とは直接関係のない芸能の技術を身に着けていた者が多く居り、彼らは皮革業などの生業の他に、芸能活動を副業にすることもあった。久子がひいきにしていた三味線の演奏家もそうした立場の者だったのだ。

武家の未亡人である久子が、身分の別をわきまえず、しかも農工商ですらない階層の人間と親しく交際したということは、封建制社会下では前代未聞の大犯罪であった。

久子は調書の中で「密通」を否定し、肌身は汚していないと供述しているが、男に対して「平人同様の取扱方」をしたことは率直に認めている。田中氏の言葉をかりれば「かりに生来の陽気で三味線好きということや、あるいは男女の感情問題がからんでいたとしても、被差別部落民への彼女の自覚的な人間的対応と、そこにみられる意識的な「平人同様」という対等感覚のあったことは否定できまい。」

久子のこの感覚は、後に松下村塾を主宰した松陰の感性とよく似ている。

性善説を信じていた松陰は人間の価値を身分や来歴によってはからなかった。この思想の具現が松下村塾であり、士庶一般に広く学堂の門戸を開いたのである。幕末の長州藩は特異であり、上士だった桂小五郎や高杉晋作などが軽輩の青年たちと好んで交遊し、強い友情で結ばれていた。こんな風景は他藩にはなく、あきらかに松陰が作り出した世界観に感化されたものだろう。

長州藩は幕府との決戦にあたって、総力戦体制で挑んだ。晋作は庶民を主力とする奇兵隊を結成し、各地に有志の諸隊も続々と作られたが、それら諸隊からさえも排除されていた被差別部落民から隊士を募り「屠勇隊」を組織したのは松門三傑の一人吉田稔麿である。この前例はやがて「維新団」や「一新組」など勇敢な部落民隊を生み出すことになる。ここに松陰の影響を見て取るなら、さらにその奥に久子の存在を見出すことも可能かもしれない。

松陰が、あの有名な「草莽崛起」論に到達するまでには、かなり時間がかかっている。松陰は自分が忠義を尽くす対象が、藩主なのか、幕府なのか、天皇なのか、そのことに相当悩んだ時期がある。彼はまだ武士という職分のメンタリティから脱却できず、封建的価値観の内側にいたのである。やがてその松陰が、主従関係や身分制度の枠を越えて、草莽(庶民)の力こそが変革の原動力であると思うに至る。しかしそれを思想化するにはさすがに思い切った精神の飛躍が必要だったはずだ。この飛躍の手がかりになったのが、被差別部落民を平人同様に取扱ったと自白して投獄された、久子の勇気に対する共感ではなかったろうか。

松陰没後、久坂玄瑞が土佐勤皇党のリーダー武市半平太へ送った手紙に次の一文がある。

「竟に諸侯恃むに足らず、公卿恃むに足らず、草莽志士糾合義挙の他にはとても策これ無き事」

この手紙を託されたのは坂本龍馬だった。玄瑞のこの決意に触れた半平太と龍馬は激しく胸を打たれたことだろう。なぜなら土佐藩にも根強い身分差別があったからだ。半平太は虐げられた下士たちと共に政治闘争を展開し、龍馬は脱藩して文字通り草莽の志士となった。

これら維新の原動力となった人々の思想の底流に、久子の存在が息づいているような気がする。

安政の大獄で東送の命が下ったとき、松陰は久子へ最後の句を贈った。

〈一声をいかで忘れん郭公《ほととぎす》〉

意訳すればこうである。

「わたしはあなたとの思い出を決して忘れない」

第二章　尊皇の火花

16

長らへて何にかはせん深草の
露と消えにし人を思ふに

森山新蔵《もりやましんぞう》

文久二年（一八六二）、薩摩藩主後見役島津久光は、幕政改革を促すために江戸へ向かった。藩兵千余人を従えてである。政治への発言権を持たない外様藩が率兵上京するなど前代未聞のことであり、あきらかにこれは幕府に対する示威行為であった。かつて関ヶ原の合戦で徳川方に破れて以来、幕政から疎外されてきた薩摩藩が、ついに武力を背景に中央政界に乗り出してきたのだった。

尊攘の志士たちは、これを機に久光を担ぎ上げて倒幕の兵を挙げようと計画した。しかし、当の久光にその意志はまったくなく、むしろ志士たちの暴発を警戒していた。倒幕挙兵計画の中核は薩摩系の志士たちで、彼らは京の寺田屋に集合している。そこへ久光の命を受けた鎮撫使たちが軽挙を戒めに派遣された。が、物別れとなり、ついに斬り合いになってしまう。世にいう「寺田屋事件」である。鎮撫使側の犠牲者は1名。志士側は6名が死亡、重症を負った森山新五左衛門が翌日切腹させられている。まだ十九歳であった。

新五左衛門の父新蔵は薩摩藩の豪商で、志士たちのパトロンであった。武士の身分ではなかったが、つねに武士らしく振舞うよう心がけており、息子もそのように育てた。乱闘の真っ只中に新五左衛門が抜刀して飛び込んでいったのは、父の教えをまもったからである。息子の死を聞いた新蔵は「我が子ながらあっぱれ」と言ったが、数日後、この歌を一つだけ遺して自殺した。享年四十二。

17

梓弓《あずさゆみ》春立つ風に大君《おおきみ》の
御世引きかへす時は来にけり

有馬新七《ありましんしち》

島津久光の命で寺田屋に派遣された鎮撫使は道島五郎兵衛以下8人。志士側の代表は有馬新七、田中謙助、柴山愛次郎、橋口壮介らであった。双方共に薩摩藩士であり、尊皇攘夷の志を同じくしていた。

道島は、久光公の仰せである、すぐお屋敷へ参られよと切り出した。しかし新七は同意せず、自分たちは青蓮院宮のお召しをこうむりこれから参るところ、その用事が済んでからまかり出ると答えた。新七たちは、自分の藩の国父よりも、皇臣との用事を優先したのである。

新七はかつて『大疑問答』という著作において、天皇への忠誠が第一、藩主への忠義は第二であって、もし朝廷に何かあった場合、藩士は藩主を動かして、藩全体で朝廷に忠勤を尽くさなければならないと主張していた。「武士」の常識からいうと、藩主への忠義が第一なのであるが、すでに新七たちは新しい価値観で動いていたのだ。道島ら鎮撫使と新七たちの立場の違いはこの点だけであり、この違いが寺田屋事件の惨劇を引き起こす。

「久光公の命である」「それよりも宮様の仰せのほうが大事なのだ」こんなやり取りがしばらく続いた後、ついに道島は「上意」と叫んで目の前にいた田中謙助の額を斬った。もう一人の鎮撫使が背後から柴山愛次郎の首を斬った。新七は憤然と立ち上がり、道島めがけて斬りかかり、刀が折れるや道島に組み付き壁に押し付けた。そして「俺ごと刺せ」と叫び、同志の手で串刺しにされた。享年三十八。

18

大君の御旗の下に死してこそ
人と生まれし甲斐はありけれ

田中河内介《たなかかわちのすけ》

寺田屋事件というと、京の船宿で起こった薩摩人の同士討ちという印象が強いが、実際はもっと深刻な事態だった。島津久光の上洛は幕政改革を促すことが目的だったのだが、西国の尊攘派志士たちは久光の上洛には倒幕の意志があるとみており、これに呼応するものがおよそ三百人、京のあちこちに集結していたのである。長州系志士たちも多数参加す

る手はずになっていた。

久光に倒幕の意志がないことが判明した後も志士たちは行動を止めず、関白や京都所司代の襲撃を計画、京の支配権を掌握した上で朝廷から久光に倒幕の勅命を下そうとしていた。そうなれば嫌でも久光は幕府を相手に戦わなければならなくなる。久光が上意打ちを断行したのは事態が切迫していたからだった。

倒幕計画の首謀者の一人田中河内介は、公卿中山忠能の元家臣で、忠能の孫の家庭教師だった。この孫こそ、後の明治天皇である。

薩摩藩は尊攘派の倒幕計画を未然に防いだ後、計画に参加した志士たちを捕縛して国許へ送還した。しかし引き取り先のない志士たちが数名おり、その中に河内介もいた。彼らは海路薩摩へ送られることになったが、手縄のまま船中で斬殺され、遺体は海中に捨てられた。この残酷な処置を沖永良部島で伝え聞いた西郷隆盛は「もう薩摩は勤皇の二字を口にすることはできない」と痛嘆したという。

明治天皇は成人した後も、河内介のことをなつかしがった。享年四十八。

19

魁《さきがけ》てまたさきがけん死出の山
迷いはせまじ皇国《すめろぎ》の道

清河八郎《きよかわはちろう》

幕末の志士のほとんどは、国家改造を企図する大藩に所属しているか、その保護を受けて活動していた。清河八郎はどの藩の庇護も受けず、自らの才能だけをたよりに独力で幕末を駆け抜けた志士だった。

八郎は、出羽国清川村で生まれた。実家は酒造業を営む富豪であった。青年となってから江戸に出て、学問と武術を教える文武指南所を開設した。八郎は幼い頃から頭脳明晰で、わずか一年で北辰一刀流の目録を得るほどの武人でもあった。歴史上の英雄にあこがれ、自らも英雄になることを夢見た。そんな八郎が、幕末という時代をおとなしくやり過ごすはずがなかったのだ。

島津久光の率兵上京には倒幕の意志があると西国の志士たちに呼びかけて、倒幕勢力を京に集結させたのは八郎だった。また、過激派志士たちを取り締まるために江戸で浪士を募集し、浪士隊を結成して京で治安維持活動をさせるという案を幕府に提出して受理されている。この、幕府の資金で作られた浪士隊を、八郎は朝廷から許可を得て攘夷の実行部隊に変えた。ようするに朝廷側の勢力にしてしまったのである。これに反対した一部の浪士が脱退して「新選組」を旗揚げしたのは有名な話だ。

八郎を危険人物とみた幕使によって彼は暗殺されてしまう。しかし、なんの後ろ盾も持たず個人の知恵のみで政治に波風を立てただけでもすさまじい男であった。享年三十四。

20

雪霜に色よく花のさきがけて
散りても後に匂ふ梅が香

芹沢鴨《せりざわかも》

清河八郎と決別して京に残留した浪士たちが後に新選組となる。その筆頭局長が芹沢鴨であった。清河が尊皇攘夷主義者なら、芹沢もまた故郷の水戸藩で尊攘派政治結社の幹部だった人物である。ではなぜ清河と芹沢は行動を共にしなかったのか。この点は幕末期の最重要ポイントでもある。当時の思潮は尊皇と攘夷であり、これに異論のある者はほとんどいなかった。ただし問題は日本の正式な政府が幕府なのか朝廷なのかであり、幕府支持者を「佐幕」と呼ぶ。幕府を補佐するの意だ。朝廷支持者を「尊皇」または「勤皇」と呼ぶ。天皇を尊ぶ、天皇に勤めるの意である。幕末の動乱は、既存政府である幕府を支持するかしないかに争点があった。芹沢をはじめ近藤勇や土方歳三は幕府の存在を支持していたのだ。

芹沢の素行が横暴を極めたことはよく知られている。商家に強盗まがいに押し入って金品を徴発したり、遊郭の建物を壊したり、つねに酒に酔っていたそうである。あげくに素行不品行を理由に寝込みを襲われ惨殺された。近藤らの手による粛清であった。

右の歌は水戸藩時代、政治犯となって死刑宣告を受けた際の辞世の句である。後に恩赦となり死を免れているが、この格調の高い詩情はどうだろう。芹沢についての記録は彼を粛清した側の証言であり、実像は永久に欠史の中だ。だが遺された和歌はいくらかの真実を語っているのではないだろうか。芹沢が子供に好かれたという逸話もある。享年三十四。

21

ふたゝひと還らぬ歳をはかなくも
今は惜しまぬ身となりにけり

武市半平太《たけちはんぺいた》

四国土佐藩には厳しい階級制度があった。戦国時代に占領軍として入国した山内家の譜代家臣が上士、土着の武士は下士と呼ばれ、下士は二世紀半も不当に差別されてきた。

この下士の身分で、同じ下士の若者たちを結集し、尊皇攘夷の政治結社「土佐勤皇党」を結成したのが武市半平太である。

半平太は子供の頃から国学を学び、天皇という言葉を口にするだけで涙ぐむほどの尊皇家だった。そんな半平太が諸国の志士たちに提案したのが「一藩勤皇論」。まずは自分が所属する藩の方針を尊皇攘夷に統一した上で、藩主を擁して上洛し、朝廷を奉じて幕府に攘夷の実行を迫るという案だった。

しかし土佐藩の場合、上士と下士の確執が深刻であり、勤皇党が政治に参加するのは困難を極めた。半平太は思い悩んだ末、上士側の最高実力者吉田東洋を暗殺、テロによって藩論を一新した。下士が上士を圧倒して政権を掌握したのである。半平太と勤皇党は藩主を擁して上洛、朝廷から攘夷督促の勅使を江戸へ派遣させることに成功。幕府に攘夷の実行を確約させた。尊攘派の快挙であった。

しかし前藩主山内容堂が吉田東洋暗殺事件の調査を始めると多くの勤皇党員が逮捕されてしまう。半平太も投獄され一年半にもおよぶ厳しい訊問の末、切腹させられた。右の歌は、下士というハンデを乗り越え、土佐一藩はおろか日本までも大きく動かした男の辞世の句である。享年三十七。

22

君の為尽くす心は水の泡
消えにし後ぞ澄み渡るべき

岡田以蔵《おかだいぞう》

幕末期、「暗殺」は政治の手段だった。大老井伊直弼や、土佐藩参政吉田東洋の暗殺は、確実に時代の流れを変えた。幕府の権威が失墜して尊皇思想が時代の主潮であったにもかかわらず、それを政治に反映させる民主的手段がなにもなかったのだ。こうなると、時の権力者を倒す方法は暗殺しかないのである。実際、井伊の暗殺によって幕閣による独裁制は終わったし、東洋の暗殺によって土佐藩は尊攘主義に一新された。

東洋を暗殺した武市半平太は、暗殺という政治的手段の絶大な効果を知ることで、その味をしめてしまったようである。弟子の岡田以蔵を使って次々と政敵を殺害し、「天誅」と称するテロリズムの嵐を京洛で巻き起こす。しかし暗殺の対象は東洋のような大物政治家レベルではなくなり、志士を捕縛した役人や目明し程度の小物ばかりだった。もはや天誅は敵対勢力をけん制するパフォーマンスのようなものでしかなかった。この無意味な殺傷を確固たる政治行為と信じたのが以蔵である。無学で剣の腕だけには自信のある以蔵にとって、志士として活躍する道はこれしかなかったし、これだけで尊敬する半平太から褒めてもらえた。

しかし以蔵はその後ばくち打ちになり、強盗罪で逮捕され、土佐に強制送還させられている。しかも勤皇党の機密事項を自白して斬首された。この自堕落な末路はいったいなんだろうか。本当は平気で人を殺せるような人間ではなかったのかもしれない。享年二十八。

23

西東《にしひがし》かはる獄屋にかはらぬは
誠を尽くす心なりけり

田内衛吉《たのうちえきち》

土佐藩政府による土佐勤皇党の弾圧は苛烈をきわめた。もともと前藩主山内容堂は佐幕派であり、武市半平太ら下士の活動を苦々しく思っていたのだ。容堂が帰国すると、すぐさま参政吉田東洋暗殺事件の真相究明に乗り出す。勤皇党の幹部たちは軒並み逮捕された。半平太は上士格で入牢したが、他の党員は軽格以下の罪人が入る獄舎へ入れられ、激しい拷問を受けた。しかし誰一人、東洋暗殺の真相を自白しなかった。拷問の過程でまず島村衛吉が血を吐いて死ぬ。このことについて半平太は次のように書いている。「大拷問にて、しめころされ申候。誠に誠に、うなり声を聞いて、でていて世話してやり度候えども、どうもならず、ただただ立たり居たり」。

それでも党員たちは一人も自白しない。まさに鉄の結束だった。この獄中闘争の最中、身を持ち崩した岡田以蔵が京で捕縛され土佐に送還されてきた。以蔵は勤皇党の機密をあっさり自白してしまう。このとき半平太が以蔵を毒殺しようとしたエピソードは有名であるが、実際は実行されなかった。しかし、半平太の実弟で勤皇党の幹部だった田内衛吉は、元来体が弱く、もしものときに備えて兄から差し入れられた毒薬を、拷問に耐えかねて飲んだ。享年三十。

結局、藩政府は東洋暗殺の犯人を見つけることができずに結審した。しかし「人心煽動し君臣の義を乱した」罪で幹部の大半が斬首や永牢となり、土佐勤皇党は壊滅した。

24

百千度《ももちたび》生きかへりつつ恨みんと
思ふ心の絶えにけるかな

平井収二郎《ひらいしゅうじろう》

この歌には「首打たれんと思えるに自刃をたまひければ詠める」と詞書が付いている。平井収二郎は坂本龍馬の幼なじみで、妹の加尾は龍馬の初恋の相手だったそうである。土佐勤皇党に参加して指導者の一人となり、主に京において活躍した。身分制度の厳格な土佐の藩風を一新する改革を計画し、朝廷からも藩政府に働きかけてくれるよう工作する。

しかしこの行動は勤皇党の活躍を苦々しく思っていた前藩主容堂を激怒させ、計画にかかわった勤皇党幹部は切腹を命じられた。半平太らが投獄される少し前の出来事である。

収二郎切腹の現場を当時十六歳だった中江兆民が目撃している。切腹執行の当夜、獄舎の塀をよじ登って中をのぞき込むと、青竹を柱とし白木綿を幕にした仮小屋があって、白張りの提灯が吊るされていた。おそらく兆民が見たものは、白装束を着た収二郎がその小屋の中へ入ってゆく姿と、遺体となって出てゆく光景だっただろう。「今でもありありと覚えている」と四十七歳の兆民が書き残している。

江戸時代、切腹は儀式化していた。赤穂浪士の切腹も、短刀の代わりに扇子を腹に当てる「扇子腹」だった。それが幕末になって本格的な切腹が自発的に復活する。収二郎も見事に割腹した。この当時、罪人の死刑は打ち首であり、侍に与えられる死が切腹だった。斬首なら即死できるが、切腹には相当の苦痛が伴う。それでも切腹を望んだ収二郎の心情に肉薄してみないと、「武士」とは何かを理解するのは難しい。享年二十九。

25

ほととぎす血になくこゑはあり明の
月より外《ほか》にきく人ぞなき

久坂玄瑞《くさかげんずい》

久坂玄瑞のことを「長州の少年中第一流の人物にして、もとより天下の英才なり」と評したのは吉田松陰である。玄瑞は熱烈な尊皇家あり、一貫して攘夷論者だった。性格が明るく、弁舌も爽やかで、諸藩の志士たちから尊敬され愛された。後に西郷隆盛が「久坂さんが生きておられたら自分は大きな顔などしていられない」と言ったそうである。しかし

後世の目から見ると玄瑞という若者は過激すぎるかもしれない。

幕府は、朝廷や世論に押されて攘夷実行の期限を文久三年（一八六三）五月十日と発表した。が、もとより幕府は外国と戦争をする気などなかったし、すれば国が滅びると確信していたから期限など建前にすぎなかった。玄瑞とて攘夷の無謀を理解していた。にもかかわらず、この日玄瑞は関門海峡を通過する外国船を実際に砲撃し、報復を受けて完敗するのである。玄瑞にとって攘夷とは、日本人に覚悟を促すことだったのだろう。圧倒的な武力を背景にして高圧的な態度をとる外国に対して、卑屈な態度をとってはならず、気概を失ってはならないという思いが彼の信念であったといっていい。

尊攘派の中心人物となった玄瑞は、やがて幕府の巻き返しにあって京を追われ、後に幕府と長州藩の朝廷争奪戦とでもいうべき「禁門の変」に参加、敗北して自刃した。亡くなる前、恋人に送った手紙の末尾にこんなことを書いている。「寒き夕べは手枕に、ついねられねばたちばなの匂える妹の恋しけれ」。まだ二十四歳の若さだった。

26

大山の峰の岩根に埋めにけり
わが年月の大和魂

真木和泉《まきいずみ》

幕末史上最高レベルの策士といえば真木和泉だろう。久留米の神官の家に生まれ、物心ついたときから神職を通じて尊皇の志を深めていった根っからの志士である。楠木正成を崇拝し、自らもそのように生きようとした。和泉の生涯は幕末に生まれて悔い無しであっただろうと想像できる。

和泉は早くから久留米藩の政治活動に参加し、藩政改革を試みたが挫折した。そのため郷里を離れて長州藩の援助をうけながら国事に奔走する、いわば浪人志士であった。にもかかわらず、長州系志士たちの知恵袋として長州藩そのものを動かすほどの存在になっていく。己の知恵だけで幕府を翻弄する和泉の策士としての手腕は圧巻である。

文久三年、和泉は、天皇の岩清水八幡宮行幸を企画し、朝廷を動かした。このとき将軍家茂は在京していたから、行幸には警護のために供奉せざるを得ない。これを機に社頭で天皇自らが攘夷の節刀を将軍に与えるという計画だった。これを受け取ってしまったら将軍は攘夷戦を実行するしかなく、実行しなければ天皇の命に背く朝敵になってしまうのだ。「将軍」の正式名称は「征夷大将軍」であり、古来、将軍は夷狄《いてき》征伐に出征するとき、天皇から節刀を賜る慣例があったのだ。和泉はそれを利用して、強引に攘夷を実行しようと画策したのだった。幕府は困り果てたあげく将軍は病気と称して行幸を辞退、この難局をかろうじて回避した。

和泉はその後、「禁門の変」に参加、敗北し天王山で自害した。享年五十二。

27

いにしへに吹きかえすべき神風を
しらでひる子らなにさわぐらん

姉小路公知《あねがこうじきんとも》

「禁中並公家諸法度」が制定されて以来、京の貴族は政治から遠ざけられ、家芸の家元などをしながら二世紀半もの間ほそぼそと暮らしてきた。それが幕末になって、尊皇思想が世を席巻するとにわかに存在感を増してゆく。全国の志士たちから尊ばれ、金銭的援助を惜しみなく受け、政治の世界にも台頭するようになる。公家といえば文弱のイメージが根

強く、実際頼りない人物が多かったが、なかには過激派志士たちと深く交わり、革命運動に積極的に参加する公卿たちも現れる。若き姉小路公知などはその代表格であった。

その公知が、朝廷から摂津湾の防備巡検を命じられて幕府の軍艦順動丸に乗船した際、幕臣勝海舟から攘夷の無謀や海軍の必要性を熱心に説かれた。巡検から帰ってきたとき公知は砲丸を二つ持ち帰っており、それを同志の公卿に見せて軍艦や海戦の恐ろしさについて語ったという。この時点で頭脳明晰な公知は攘夷の不可能を悟ったようであり、尊攘派志士たちから「姉小路卿は幕府に篭絡された」とうわさされた。

文久三年五月の夜半、御所から帰宅する途上で三人の刺客に襲われた。このとき公知は従者に向かって「太刀、太刀」と叫び、気丈にも自ら剣をとって闘おうとしたが、太刀持ちがおびえて遁走してしまったために、頭と胸を斬られた。自宅に運び込まれたときはすでに出血多量で、「枕」という言葉を最期に息絶えた。享年二十五。

28

今もなほ慕ふ心はかわらねど
はたとせ余り世はすぎにけり

松平容保《まつだいらかたもり》①

岩清水行幸で将軍家茂を追い詰めた長州系志士たちは、次に大和行幸を計画する。その意図は前回と同じである。朝廷の内部では一部の若手公卿たちが政治の主導権を握り、倒幕派の志士たちと共闘して幕府を苦しめぬいていた。この事態に心を痛めていたのが、他ならぬ孝明天皇だった。もはや朝廷内の過激派を天皇でも抑えられなくなっていたのだ。

孝明帝は幕府を信頼して国政を全面的に委任しており、攘夷の即時実行が不可能であることにも気づきつつあった。京洛で吹き荒れるテロの嵐や若手公卿の暴走を深く憂えていたのである。

ついに孝明帝は、幕命によって京の治安維持に努めていた京都守護職松平容保〈会津藩主〉と手を携えて、宮中のクーデターを断行する。この計画を立案したのは公武合体で藩論を統一した薩摩藩だった。文久三年八月十八日、長州藩の堺町御門の警備を免じて、7人の過激派公卿を朝廷から追放した。このクーデターの成功に安堵の胸をなでおろした孝明帝は「たやすからざる世に武士の忠誠のこころをよろこびて詠める」と添書きして容保に次の御製《ぎょせい》を贈った。〈もののふと心あわしていわおをもつらぬきてまし世々のおもいで〉。この時点で容保は、自他共に認める日本一の勤皇家であった。

しかし後に孝明帝が急逝すると、次に即位した幼帝〈明治天皇〉を担いだ倒幕派は容保を朝敵にした。右の歌は容保が五十九歳で亡くなる二年前に詠まれたものだ。容保と会津藩がたどった悲惨な運命については第四章で触れる。

29

暮れなくも三十路《みそじ》の夢はさめにけり
赤間の関の夏の夜の雲

錦小路頼徳《にしきのこうじよりのり》

徳川幕府の治世下、公家社会に大きな変革はなく、一部の高家が朝廷の重職を世襲してきた。これが幕末になると、武家社会と同じように人材登用の門戸が広く開かれ、国事参政、国事寄人《よりうど》など、新ポストが設けられた。これにより中下級身分の公家たちも積極的に朝議に参加できるようになった。なかでも尊攘派の若い公卿たちの活躍はめざましく、志

士たちと結託して朝議を自在にあやつるまでになった。

　この状況に危機感を覚えた薩摩と会津の策謀によって、文久三年八月十八日、七人の尊攘急進派公卿が宮中から追放された。彼らは志士たちに護衛されながら長州へと落ちのびて行った。久坂玄瑞が〈ふりしく雨の絶間なく／なみだにそでもぬれはてて〉と詠った「七卿落ち」である。

　王政復古の後、彼らは明治政府の高官となって世に返り咲いた。なかでも三条実美などは最高官である太政大臣になった。しかし、ただ一人、維新の達成を見届けることなく病没したのが錦小路頼徳だった。

　先祖代々御所の周辺から動くことのなかった公家の貴公子たちが、京を追われて西国の地を流浪し、官位も剥奪され、その心痛はいかばかりだったろうか。頼徳は赤間関の砲台を視察中に倒れ、療養の甲斐もなく息をひきとった。右の歌に頼徳の胸中がにじみ出ているようである。享年三十。

　没後、官位を復され、正四位を贈られた。

30

吉野山風に乱るるもみぢ葉は
我が打つ太刀の血煙《ちけぶり》と見よ

吉村虎太郎《よしむらとらたろう》

吉村虎太郎は土佐藩の庄屋の家に生まれ、わずか十二歳で老父に代わって家職を継いだ。村を治める「庄屋」は、日本書紀に記された神勅正統の職「天邑君《あまのむらぎみ》」が原点で、朝廷に直属する官職であるという考え方が当時の土佐庄屋層にはあった。したがって土地と農民は天皇から預かったものであるという自覚が虎太郎を尊皇に目覚めさせたようである。虎

太郎は村の窮乏に備えて1メートル余の石の金庫を作ったり、郡奉行所の下役人に呼び捨てにされたことに憤り抗議文を提出したりしている。

土佐勤皇党の結成に参加したが、諸藩の志士たちと行動を共にするため後に脱藩。馬上堂々と国境を越えた。以後浪人志士として活躍する。

文久三年、尊攘派の画策で攘夷親征の大和行幸が決定すると、「皇軍御先鋒」を任じて大和で挙兵。後世「天誅組の変」と呼ばれる初の倒幕武装蜂起を主導した。しかし朝廷でクーデターが起きたため行幸は中止。孤立した天誅組は幕府軍の追討によって壊滅した。

戦闘中、味方の誤射で下腹部に重症を負った虎太郎は歩行困難となり、籠に乗って山中を敗走。この逃走の最中に詠んだのが右の歌である。薪小屋に潜伏しているところを追捕の兵たちに包囲され、切腹することを申し入れたが受け入れられず、射殺された。享年二十七。

最期の瞬間、虎太郎は「残念」と叫んだ。

31

世のために捨てては捨てしが年経ても
忘れぬものはわが子なりけり

平《ひら》野《の》国《くに》臣《おみ》

幕末の志士の中でも平野国臣はユニークな存在だ。熱狂的な復古主義者で、江戸時代の身装を嫌ってふだんから烏帽子《えぼし》直垂《ひたたれ》を着用していたと伝わる。月代《さかやき》を剃らない総髪を志士の間で流行らせたのもこの男だった。横笛を吹きながら牛に乗って旅をしたり、獄中にいるときも竹屑をみつけて駒を作って遊んだりしている。しかも詩文の才にすぐれ、もっと

も早くから倒幕論を唱えた志士の一人でもある。その奇抜な性格と進歩的な思想性によって多くの志士たちから愛され、信頼された。

国臣は福岡藩士であるが、藩の支援を受けず浪人志士として活動した。後に攘夷派公卿たちの拠点となっていた学習院出仕に任命されている。一介の浪人から大抜擢されたのである。国臣は「君臣は天地の公道、主従は後世の私事」と公言しており、徳川封建体制を滅ぼして天皇の下で挙国一致の国を作ろうと構想していた。国臣のこの思想は後の「廃藩置県」に通ずるものがあり、いかに彼が進歩的な頭脳の持ち主だったかが伺える。

大和で天誅組が挙兵すると、それに誘発される形で起こった但馬生野挙兵に参加して失敗。捕縛され六角獄舎に入牢、長州系尊攘派が起こした禁門の変で京の町が燃え盛る最中、処分未決のまま処刑された。享年三十七。

妻子を捨てて国事に奔走した国臣が、あるときふと詠んだ感慨がこの歌だ。他にも有名な歌は多々あるが、この一首は特に胸に染みる。

32

かねてより想い染めにし真心を
けふ大君《たいくん》に告げて嬉しき

藤《ふじ》田《た》小《こ》四《し》郎《ろう》

藤田小四郎が生まれ育った水戸藩は、幕末期、複雑な状況に陥っていた。かつて三代藩主徳川光圀が日本史編纂事業を始めてから、水戸には天皇を崇拝する藩風があった。しかし幕末となり、尊皇主義が幕府の権威を揺さぶるようになると、徳川御三家の一家として、行き過ぎた尊皇主義を抑制する佐幕派と、あくまでも尊皇を信奉する小四郎らとの対立が

激化してゆく。

小四郎は、攘夷の実行を幕府に迫るべく同志らと筑波山で挙兵した。京の尊攘派がクーデターによって瓦解したため、挽回を期して非常手段に出たのである。政変以前に幕府が表明していた横浜港鎖港を即時実行するよう武力をもって訴えたのだ。しかし小四郎らが各地を遊説して軍資金を調達している間に、水戸藩は佐幕派に実権を掌握されてしまった。帰藩できなくなった小四郎らは、水戸藩主の弟で禁裏御守衛総督だった一橋慶喜（後の十五代将軍）と朝廷に尊攘の志を訴えるべく京に向かって進軍を開始したが、その途上、幕府の追討軍と交戦して降伏した。いわゆるこの「水戸天狗党の乱」の参加者は投降後、敦賀の魚肥倉に裸同然で詰め込まれ、極寒と不衛生な環境の中で31人が病死、３５２人が斬首された。水戸に残された彼らの家族たちも佐幕派の手で老人から子供まで処刑された。最悪の結末であった。

小四郎の辞世の句には泣き言など一言も含まれていないが、それがむしろ痛々しく、哀れである。享年二十四。

33

かねて身はなきと思へど山吹の
花の匂うて散るぞ悲しき

武田《たけだ》とき

水戸天狗党首領、武田耕雲斎の妻ときの辞世の句である。耕雲斎は水戸藩の元執政であり、尊攘派であったが、藤田小四郎ら過激派の行動には当初批判的だった。しかし思想的心情を同じくする若い小四郎たちを見捨てることができず、後に天狗党の首領となり、斬首されてしまった。水戸藩政府の実権を握った佐幕派は天狗党参加者の家族をも徹底的に虐待した。ときは耕雲斎の塩漬けにされた首を膝に抱えた姿で斬首され、二人の子と三人の孫も処刑された。享年四十。

水戸のイデオロギー闘争は熾烈を極めた。天狗党を弾圧した佐幕派は、そのわずか三年後、王政復古で復権した天狗党残存勢力から報復を受け虐殺されている。

明治維新を推進した雄藩のことを「薩長土肥」というが、この中に水戸藩は含まれていない。水戸は幕末の初動期に尊攘運動の総本山であったにもかかわらず、尊攘・佐幕両派の血みどろの抗争の末、有能な人材はみな死んでしまったのだ。まさに「そして誰もいなくなった」のである。水戸の悲劇はフランス革命と似ている。かの国の革命もナポレオンが登場する頃には革命家のほとんどがギロチンの露と消えていた。

水戸の政争は、鰻を食うか、鰻の串を削るかの闘争であったといううがった見方もある。勝てば鰻を食える身分となり、負ければ失職するという意味だ。この政争に巻き込まれた家族の無念を思うとやるせない。

34

此のままに身は捨つるとも生きかはり
ほふり殺さん醜《しこ》の奴ばら

河合伝十郎《かわいでんじゅうろう》

国論を二分する尊皇と佐幕のイデオロギー闘争は、徳川幕府政権下三百諸藩それぞれの政治にも波及し、多かれ少なかれ政争を巻き起こした。なかでも深刻なのは譜代大名の藩であり、先祖代々徳川家に仕えてきた立場上、佐幕以外ではあり得なかった。結果的に藩内の尊皇派を厳しく弾圧することになる。

譜代大名姫路藩もまた藩内の尊皇派を弾圧した。藩主酒井忠績が老中首座の役職にあったから、そうせざるを得ない処置であったといえる。右の歌は、斬首された尊皇派藩士の一人、河合伝十郎二十四歳の辞世の句である。

姫路藩もまた水戸藩と同じく、弾圧された尊皇派が後に佐幕派を厳しく処罰している。血で血を洗う政争はここでも起こった。

伝十郎の歌を読むと、イデオロギー闘争の恐ろしさというものを感じる。『幕末維新全殉難者名鑑』（明田鉄男編　新人物往来社）によると、嘉永六年（一八五三）から明治四年までの間、国事に由因する死者の数は1万8686人にものぼる。この数字は対外戦争の戦死者の数でも災害の犠牲者の数でもない。変革期の政治がもたらした死者の数なのだ。こんにちでも政治家や政治評論家たちが激しく口論している様をテレビでよく見かけるが、政治がらみの口論ほど激越なものはない。政治は人間の感情を異常なほどに高ぶらせる何かを持っているようだ。伝十郎の斬首から百五十年ちかい時が流れた。その処刑地は現在、繁華街に隣接する児童公園になっている。

35

待ち待ちし秋にあひけり大君の
みために消えむ草の上《へ》のつゆ

望月亀弥太《もちづきかめやた》

八・一八政変で反幕勢力は京都政界から一掃されたが、密かに京の地に潜伏していた志士たちが驚くべき巻き返しを計っていた。烈風の夜に御所へ火を放ち、親幕派公卿や幕府要人を幽閉または殺害し、その混乱に乗じて天皇を長州へ連れ去ろうという計画だった。この過激な企てを新選組が事前に探知。志士たちが集まっている旅館池田屋を襲撃した。

幕末史上最も有名な「池田屋事件」である。

この事件で死亡した志士の中に土佐脱藩浪人の望月亀弥太がいた。坂本龍馬と行動を共にして神戸海軍操練所で航海術を学んでいた若者である。新選組に襲撃されたとき亀弥太は血路を開いてかろうじて脱出に成功したが、重傷を負ったため逃走を断念、路上で自害した。亀弥太の兄清平は龍馬の親友で、その縁もあって龍馬は亀弥太を弟のように可愛がり、将来を嘱望していたという。享年二十七。

池田屋殉難者には貴重な人材が多く、吉田松陰の親友だった宮部鼎蔵、松下村塾の俊才吉田稔麿、龍馬と共に北海道開拓を構想していた北添佶摩などがいる。長州藩の領袖桂小五郎は運良く難を逃れた。この事件で多くの逸材が失われたために明治維新が一年あまり遅れたといわれている。しかしその優秀な志士たちが、果たして御所への放火や天皇の拉致など、そんな無謀な行動を本当に起こそうとしていたのだろうか。新選組の活躍ばかりが目立つ池田屋事件には、もっと知られざる真相が隠されているような気がしてならない。

36

結びても又結びても黒髪の
乱れそめにし世を如何《いか》にせん

吉田稔麿《よしだとしまろ》

池田屋事件の当時、長州藩京都留守居役だった乃美織江の覚書によると、在京の志士たちの間に何か極秘の計画があったのは確かで、その中心にいたのは熊本藩の宮部鼎蔵と松田重助だった。これに急遽長州の吉田稔麿が加わったらしい。いったい彼らは何をしようとしていたのだろうか。新選組に捕縛された同志古高俊太郎を救出しようとしていたとも、親幕派公卿や幕府の出先機関を襲撃して京都政界を攪乱しようとしていたとも、諸説ある。ともかくこの日、稔麿は藩邸を出て池田屋へ向かった。留守居役の乃美が制止したが聞かなかった。外出前、彼は自分で髪を結ったが元結《もとゆい》が三度も切れた。このとき詠んだのが右の歌で、結果としてこれが辞世の句になってしまった。翌日、稔麿の遺体が藩邸の門前で発見された。事件に関与するのを恐れた藩邸職員が門をかたく閉ざしていたので、頭部に重症を負って帰邸した稔麿は中に入れず自害して果てたのだった。享年二十四。

足軽の子として生まれ、幼い頃から働きづめだった稔麿を「高等の人物」と評価し、学問を教えたのは吉田松陰だった。松陰の死後、稔麿は師の志を受け継ぐべく国事に命を捧げた。被差別部落の人々からなる屠勇隊の結成や、長州藩兵が幕府の軍艦を占拠した朝陽丸事件の問題解決にあたるなど、様々な功績を残している。彼のことをよく知る同志の品川弥二郎は「稔麿が生きていたら総理大臣になっただろう」と、後年語ったそうである。

37

議論より実を行へなまけ武士
国の大事を余所《よそ》に見る馬鹿

来《き》島《じま》又《また》兵《べ》衛《え》

この歌は、生野の変で自刃した河上弥一（奇兵隊二代目総督）が死ぬ前に岩見山妙見堂に奉納した額に書いたことで知られるが、実作者は戦国武士の再来といわれた長州藩士来島又兵衛である。

元治元年（一八六四）、長州勢千六百人の軍勢が大挙して京に押し寄せ禁裏御所へと迫った。八・一八政変で京を追われた公卿たちと長州藩主の冤罪を訴えることが目的であり、御所を守衛する諸藩の兵と激しい戦闘になった。

又兵衛は遊撃隊四百人を率いて最前線で戦い、馬上太刀を振り上げ「何藩たるを問わず、勤皇を防ぐるは奸賊なり」と叫んだ。しかし公武合体論で共同戦線を張っていた会津と薩摩の猛攻によりやがて総崩れとなる。配下の兵は武器を捨てて退却したが、又兵衛はその場に踏みとどまって放置された武器を拾い集めた。武器を捨てて退くのは武門の恥と思ってのことだろう。そこを薩兵に狙撃されて戦死した。享年四十九。

この「禁門の変」によって真木和泉や久坂玄瑞など尊攘派の中心人物が多数落命し、戦火によって京の町は三万世帯が罹災した。議論より実を行った結果がこの惨劇であった。けれども又兵衛の歌には、現代人にもよく理解できる正しい主張が込められているように思える。喧々諤々《けんけんがくがく》の議論ばかりが続いて一向に抜本的改革がなされない今日の政治に突きつけたい一首である。

38

語らんと思ふ間もなく覚めにけり
あはれはかなの夢の行方や

入江《いりえ》九一《くいち》

久坂玄瑞・高杉晋作・吉田稔麿にこの入江九一を加えて「松下村塾四天王」という。塾に出入りした百名ちかい若者たちの中で特にこの四人の名が語り継がれたのは、師弟関係の親密さと、その才気が出色のものであったからだ。九一は吉田松陰の晩年の弟子である。松陰の言動が過激さを増してゆき、愛弟子たちでさえ師と距離をおくようになった時期にも終始一貫して行動を共にした。そのため政治犯として投獄されている。

松陰という人は、後世「松陰先生」と呼ばれて親しまれているが、当時の長州藩の父兄にとっては若者を過激な政治思想で洗脳する危険人物であった。晋作も村塾への出入りを親に反対され深夜人目をはばかって通塾していたし、稔麿などは家族に迫られて一時子弟関係そのものを解消している。幕末の青年たちも現代の若者と変わらず、自らの志と肉親の情との狭間で苦悩したのである。九一もつねに老母の心配をしながら松陰の政治活動を支え続けた。獄中では食費を含めた生活費がすべて自己負担だったため、貧しかった九一は筆耕のアルバイトをして細々と食いつないだ。出獄後は村塾の同窓生たちと行動を共にし、晋作を補佐して奇兵隊の創設に尽力。禁門の変では久坂に後事を託されて戦線を離脱したが、敗走の途上で討死にした。享年二十八。

右の歌は、松陰刑死から一年が経った頃、夢に現れた師のことを詠んだものだ。夢の中の松陰は、きっと微笑んでいただろう。

39

よしやよし世を去るとても我が心
御国のためになほつくさばや

国司信濃《くにししなの》

禁門の変で敗北した長州藩は危急存亡の秋をむかえた。禁裏御所に発砲し、京の町に甚大な被害をもたらしたことにたいして孝明帝は激しく怒り、長州藩追討令を幕府に下した。長州は「朝敵」になってしまったのである。この事態に長州藩政府の意見は二つに割れた。武装解除をせずに恭順のポーズだけをとろうとする「武備恭順」派と、完全に幕府に屈す

るべしとする「謝罪恭順」派である。

この時期の長州藩は、前年の外国船砲撃の報復措置を受け、英仏蘭米の四ヵ国連合艦隊の攻撃によって砲台陣地を破壊され、関門海峡を制圧され、ようやく講和談判が成立したばかりであった。このような状況下、容赦なく幕府の征長軍が藩境に迫っていたのである。武備派の井上馨が刺客に襲われて瀕死の重傷を負い、政府の首領であった周布政之助が自殺するにおよんで、謝罪派が新政権を発足させた。その首領椋梨藤太らは禁門の変に参加した三人の家老と四人の参謀を死罪に処し、その首を幕府へ差し出して恭順の意を示した。全面降伏したのである。椋梨ら謝罪派は史上「俗論派」の名で呼ばれるが、この処置はやむを得ない政治的判断だったと思われる。

右の歌は、死罪となった三家老のうちの一人、国司信濃の辞世の句である。信濃は永代家老ではなく、実力で家老職についた二十三歳の青年だった。切腹に臨んでは腹を切った後、短刀を持ち変えて自ら気管を断ち切り絶命した。この壮絶な最期は、謝罪派政府の処置に対する怒りの表明だったにちがいない。このとき信濃には身重の妻がいたという。

◆田中河内介の怪

大正時代の初頭、怪談話の愛好家たちが集まる書画屋の二階に突然の来訪者があった。誰も面識がないその男は、幕末の志士、田中河内介について話をしたいと言う。河内介が寺田屋事件の後どうなってしまったのか、その話題を口にする者の身には必ずよくないことが起こる、だから誰もそのことを語らなくなってしまったが、自分は河内介の最期を知る最後の一人だから、ぜひ話しておきたいと言うのだった。

一同色めき立って、どうぞどうぞ話してくださいと招き入れたものの、その後の男の話はまったく要領を得ず、一向に河内介の最期について語らない。だんだん座が白けてきて、一人また一人と部屋から出ていってしまった。ついに全員が部屋から出てしまった後、しばらくして男の様子を見に行ってみると、男は机にうつぶせて死んでいたという。

この話は、その場に居た者の直話として後世に伝わっている。いわゆる、大正版の「本当にあった怖い話」である。

田中河内介は公卿中山忠能の諸太夫だった人物で、明治天皇がまだ幼少の頃、その養育係を勤めている。寺田屋事件の首謀者として捕縛され、息子瑳磨介、甥の千葉郁太郎ら同士四人と共に薩摩藩の手によって誅殺された。汽船から海上へ遺棄された遺骸は小豆島に流れ着き、哀れんだ島民によって手厚く埋葬された。島内の雲海寺に墓があり、海岸には「田中河内介父子哀悼之碑」が建てられている。

明治二年、明治天皇が維新の功臣らを集めて宴を催したときのこと。ふと「田中河内介はいまどうしているのか」と、左右の者に尋ねられた。その場に居たのは三条実美、岩倉具視、西郷隆盛、大久保利通、木戸孝允らであったが、誰も明治帝の質問に答えられず、沈黙が続いた。寺田屋事件の事後処理を行った大久保と薩摩藩関係者をはばかって答えられないのである。明治帝が重ねて尋ねると、ようやく側に控えていた小河一敏が事の一切を奏上した。

小河は豊後竹田の岡藩出身で、かつて寺田屋事件にかかわり、河内介とは同志であった。小河の話をじっと聞いていた明治帝は、深く瞑目し、退出されてしまった。この一件で薩摩藩関係者に恨まれた小河は左遷されたそうである。

寺田屋事件の当時、西郷は河内介殺害の報を流刑地で知り「御上よりこの件を問われたらどうお答えになるつもりか」と激昂しているし、当事者の大久保にしても、倒幕の令旨を偽造して尊皇派志士多数を決起寸前まで扇動した河内介を、国父島津久光の内命で処罰しただけである。しかしこの場では両人とも一言も弁明をしなかったのはさすがに立派である。

ようするに田中河内介の怪談とは、幕末史のタブーを象徴する話だったのだ。明治帝の養育係まで勤めた人物を、あろうことか尊皇側の人間が殺害してしまったという過失を、新政府の高官たちは他言無用とした。これが、河内介の最期を語るものは死ぬという「忌み話」を産み出した素地である。かくて河内介の名は、後世、怪談話で有名になった。

けれども、河内介が生前に詠んだ歌を見ると、どうも怨霊になるような人物ではなかったように感じられる。確かに河内介の最期は悲惨であり、後ろ手に縛られ、足かせをかけられた姿で息子と共に惨殺され、暗夜の海に投げ捨てられた。しかしそれが悲劇なのかどうかは他人の計り知るところではないだろう。河内介は無念だったかもしれないが、自らの人生に悔いはなかったかもしれない。

「志士は溝壑《こうがく》に在るを忘れず」とは『孟子』の中にある孔子の言である。志のある者は、

夢を実現するためなら、自分の死骸が供養もされず溝や谷に打ち棄てられても構わないと
つねに覚悟している、という意味だ。

河内介の自歌に、次の一首もある。

〈永らえて変わらぬ月を見るよりも死して払わん世々の浮雲〉

河内介の心情を推察する最大の手がかりは、当時の証言よりも、歴史資料よりも、当人
が遺した歌の中にこそよく現れているはずなのだ。

『幕末歌集』を編纂する意義はここにある。

第三章　倒幕の風

40

遅れても遅れてもまた君たちに
誓ひしことを吾忘れめや

高杉晋作《たかすぎしんさく》

「もはや口舌の間にては成敗の論無用なれば、これよりは長州男子の腕前お目にかけ申すべし」

八・一八政変以来、長州に亡命していた公卿たちにこう言い残して、高杉晋作は馬上の人になった。甲冑に身をかため、わずか84人の同志を率いて、月に照らされた雪の晩、長府功山寺から出陣した。謝罪派政府を打倒するために。

　晋作の挙兵は、同時代人からみれば狂気の沙汰であった。かつて晋作の建策によって結成された奇兵隊でさえも当初は挙兵に加わらなかったほどだ。この挙兵は軍資金調達のメドがたたないまま進行しており、用意周到に始められたものではなかった。しかも藩政府の動員兵力は二千人。勝算などあるはずもない。しかし晋作は、いま挙兵しなければ長州は亡びると確信していた。これまで晋作は身に危険が迫れば藩外へ亡命し、決して死に急がなかった。師吉田松陰の「生きて大業の見込みあらばいつでも生くべし」を守り抜いていたからだ。松下村塾の仲間たちが次々と国事に殉じてゆく姿を横目に見ながら。しかし藩政府が幕府に屈したと知るや否や、「死して不朽の見込みあらばいつでも死ぬべし」という決意に身をゆだねた。晋作の命がけの挙兵にやがて奇兵隊や諸隊も参戦、謝罪派政府を打倒したのである。その後も晋作は最前線で戦い続け、ついに幕府軍をも打ち破ったが、持病の結核が悪化して陣中で没した。享年二十七。

41

冬ごもりこらへこらへて一時に
花咲きみてる春は来るらし

野村望東尼《のむらもとに》

福岡藩の尊皇派弾圧に連座して、一人の女性が玄界灘の姫島に流された。彼女の名は野村望東尼。尊皇の志をもった歌人であった。

望東尼は、夫に先立たれた五十四歳のときに受戒剃髪した。その住まいは平尾山荘と名付けられ、亡命あるいは政治犯として行き場を失った志士たちを匿い、なにくれとなく便宜をはかった。僧月照や平野国臣、そして高杉晋作などが世話になっている。

望東尼が姫島に流されたことを知った晋作は、すぐに決死隊を姫島に送り込み、牢を破って望東尼を救出、下関に迎えた。この時期晋作は結核が悪化しており、殉難した同志たちを祭った招魂場のそばに東行庵という小屋を建てて療養していた。望東尼は献身的に晋作の看病に努めた。あるとき晋作が病床で〈おもしろきこともなき世をおもしろく〉と詠んだが、後が続かない。望東尼が〈すみなすものは心なりけり〉と下の句を継いだ。晋作は「おもしろいのう」と言って微笑んだそうだ。

幕府軍が長州藩を四方から攻め立てた四境戦争において、最大の激戦地となった小倉口の総指揮をとった晋作は幕府勢を敗走させた。幕軍二万人に対する長州勢はわずか千人だった。「動けば雷電の如く、発すれば風雨の如し、衆目は駭然《がいぜん》として敢えて正視するものなし、これ我が東行高杉君に非ずや」と伊藤博文が評した風雲児の最期を看取った後、望東尼も維新を見とどけることなく三田尻で客死した。享年六十二。

42

白たへににほえる梅の花ゆえに
あけゆく空もみどりなるらん

白石正一郎《しらいししょういちろう》

文久三年、長州藩で奇兵隊が結成された。発案者は高杉晋作であり、藩主への上申書にこう記している。「奇兵隊の儀は有志のもの相集い候につき、陪臣、軽率、藩士を選ばず同様に相交わり、もっぱら力量をもって尊び、堅固の隊相整え申すべくと存じ奉り候」。

ここに、武士だけでなく庶民の入隊をゆるす新しい軍隊が誕生したのである。

奇兵隊の創設と運営を経済面で支えたのが白石正一郎だった。白石は馬関竹崎の廻船問屋で財を成した商人であり、晋作の新軍隊構想に共鳴し、自らも会計方として率先して入隊している。奇兵隊本陣は白石邸におかれた。

白石は平素国学を学んでいた。国学とは、仏教や儒教といった舶来思想が日本に入ってくる以前の日本人の精神性を研究する学問であり、水戸の尊攘思想と同じぐらい幕末の志士に影響を与えた。志士の活動を経済的に支援した豪商や豪農には国学の学徒が多い。

白石は全財産を奇兵隊につぎ込み、結果的に千両の借金を負ったが、金よりも憂国の情のほうが大事だったのだろう。西郷隆盛が白石のことを「清廉実直な人物」と評したのは至当である。維新の大事業は、白石のような人物の支えがあってこそ成功したのである。

明治の世となり、白石は破産した。その後は赤間神宮の宮司となって余生を送った。右の歌は、晋作の墓所のそばに建てられた白石正一郎歌碑に刻まれている。享年六十八。

43

たれも皆かくなり果つるものと知れ
名をこそ惜しめ武夫《もののふ》の道

赤根武人《あかねたけと》

高杉晋作の挙兵は客観的に見れば無謀だった。大博打といってもよく、晋作が創設した奇兵隊でさえ当初は動かず、事態を静観した。このときの奇兵隊総督は赤根武人で、松下村塾の出身である。赤根は藩政府と粘り強い交渉を続けながら、藩が布告した武装解除命令をはぐらかしつつ奇兵隊の存続を図っていたのだ。晋作の挙兵を静観したのは奇兵隊幹

部の総意であり、それを赤根が代表していたにすぎない。しかし挙兵直前、奇兵隊の本部に現れた晋作は「赤根は土百姓にすぎない。我輩は譜代恩顧の臣である。どちらの言に従うか、言わずして明白ではないか」とわめいた。このとき晋作は酔っており、精神状態が極度に高ぶっていたのだろう。普段は出自や身分などを問題にしない男が赤根のことを人前で辱めたのである。赤根は隊から姿を消した。

赤根はその後、幕府に内通したという噂をたてられ、反逆罪で処刑された。罪状は「不義不忠の至り」。奇兵隊が晋作の挙兵に当初呼応しなかった責任を、すべて赤根一人に負わせて闇に葬ったのである。享年二十九。

晋作は死ぬ直前「武人の心中を洞察することができず、死なせてしまったのは残念だった」と悔いたが、奇兵隊軍監山県有朋などは自分たちの行動の後ろめたさを隠蔽するかのごとく、赤根の遺族の熱心な復権運動を無視し続けた。維新後の贈位もなく、靖国神社にも祭られなかった。死後百三十年を経てようやく故郷の招魂場に墓碑が建立された。

44

かかる世にかかる旅路の幾度《いくたび》か
あらんも国の為とこそ知れ

畠山義成《はたけやまよしなり》

攘夷の実行によって外国海軍との軍事衝突を経験した薩長両藩は、領国内を激しい砲火で荒らした結果、実地で攘夷の不可能を悟った。もはや無謀な攘夷論を捨て、積極的に海外の技術を学び取り入れ富国強兵に生かしてゆこうと藩論を転換したのである。その表れが、海外への留学生派遣だった。

右の歌は、薩摩藩の第一次留学生のひとり畠山義成が、イギリスに向けて出発する当日に詠んだものである。義成の留学は藩命であったが、始めは固辞した。彼にしてみたら、つい昨日まで外国を夷狄《いてき》と呼び、日本中が攘夷を叫んでいたのに、その夷狄の国へのこのこと留学に出向くなど恥辱以外の何ものでもなかったのだろう。家格の高い門閥の出であり、将来は家老になることを約束された義成が、なんのいわれで国禁を犯して海外渡航の企てに参加しなければならないのか、固辞したのもうなずける。しかし国父島津久光に説得されて海を渡った。

同じ頃、長州藩の若者たちも海外へ密航していた。両藩の留学生は奇しくもイギリスの地で出逢い、親しく交流している。彼らは外国から多くの知識と技術を日本へ持ち帰った。後に義成は、開成学校校長、書籍館初代館長、博物館館長などを歴任し、日本の近代化に大きな足跡を残したが、惜くも三十五歳で夭折した。

幕末の最大思潮のひとつであった攘夷主義は、日本が外国の脅威と正面から向き合ってゆく過程で衰退していった。

45

天地《あめつち》の神もあわれと聞《きこ》し召せ
愚かなる身に祈るまことを

河上《かわかみ》彦斎《げんさい》

熊本藩の佐幕派によって投獄されていた一人の尊攘派志士が、王政復古の後、出獄した。彼の名は河上彦斎。通称「人斬り彦斎」と呼ばれ、佐久間象山を暗殺したことで有名である。しかし彦斎が斬ったとされる人物は象山以外は明確でなく、暗殺者としての実像はよくわかっていない。ただ非常に剣が達者で、片手の抜刀を得意として彦斎流を自称していた。

彦斎は剣もよくしたが学問もした。特に国学は林桜園に学んでいる。明治九年、廃刀令に反対して反乱を起こした「神風連《じんぷうれん》の乱」の参加者の多くは桜園の弟子である。彼らは洋化政策を徹底的に嫌い、近代兵器で武装された熊本鎮台を日本刀のみで襲撃した。彦斎の精神はこの思想集団に通じており、骨の髄まで攘夷論者だった。

彦斎は、かつては攘夷の急先鋒だった長州藩に組して戦った。しかし外国艦隊との戦いに破れて講和が結ばれると大いに怒り、国許へ帰ってしまった。そして三年間故郷の獄に繋がれるのである。出獄してみれば、世は欧化政策を熱狂的に推進しており、攘夷は嘘のように消え失せていた。彦斎はかつての同志たちの変節ぶりを激しく非難した。相手が人斬り彦斎だけに政府高官の警戒心は強く、結局、反逆罪という言いがかりをつけて斬刑に処した。審議中、裁判官が「あんた攘夷を捨てないか。もう時勢が違うのだ」と言うと、彦斎は一礼して「できないな。攘夷のために死んだ同志たちに申し訳ない」と答えた。享年三十八。

46

千早振《ちはやぶる》よろずの神に祈るなり
わかれし君のやすかれとのみ

中西君尾《なかにしきみお》

幕末の志士を語るうえで無視できない存在が芸者である。特に京の祇園芸妓はしばしば幕末史の重要場面に登場する。なかでも有名なのは桂小五郎の妻となった幾松と、勤皇芸者と呼ばれた中西君尾だろう。当時、芸者の中にも尊皇派と佐幕派があり、彼女たちは支持する派の客だけをとった。新選組の近藤勇が君尾に惚れこんで熱心に口説いたことが

あったが、「朝廷様の御味方をなさるなら、わたくし、喜んでお言葉に従いまする」とはねつけた。近藤は呵々大笑したらしい。

君尾と恋仲になった志士に井上馨がいる。後に鹿鳴館外交をおこなった維新の元勲である。井上はイギリスへ留学する前、別れの印に刀の小柄を君尾に贈った。君尾は「刀が武士の魂なら、鏡は女の魂」と愛用の手鏡を送別に贈った。やがて帰国した井上は政敵の刺客団に襲われて滅多斬りにされるのだが、とどめの一太刀を懐中の鏡が受け止めて一命をとりとめた。嘘のような実話である。

君尾はその後、品川弥二郎とも付き合っている。右の歌は、品川が九州へ旅立つとき〈また来んといつとさだめず不知火のきょう九重《ここのえ》の都をぞたつ〉と詠んだ歌への君尾の返歌である。当時の芸者の教養の高さがうかがわれる。新政府軍の行進曲として有名な「トコトンヤレ節」は品川が作詞をして君尾が節をつけたという説がある。後に明治政府の高官となった品川との間に一子をもうけた君尾は、亡くなるまで祇園芸妓として生きた。享年七十四。

47

大君の大御心をやすめんと
思ふ心は神ぞ知るらむ

中《なか》岡《おか》慎《しん》太《た》郎《ろう》

坂本龍馬が「これからの時代はこれだ」と言って懐から『万国公法』を取り出したエピソードは有名だが、同じころ中岡慎太郎は、弱肉強食の植民地主義の世界では万国公法など拘束力を持たないと分析していた。将来的に日本と戦争をする恐れがある国として、清国、ロシア、アメリカの名をすでに挙げており、後の日清日露戦争と太平洋戦争を予見し

ている。中岡の世界情勢を見る目は当代随一だったといっていい。

反幕府勢力の大同団結を唱えて薩長同盟を提案したのも、国内の混乱を速やかに収拾するために徳川幕府に政権を返上させることを考案したのも、龍馬より中岡のほうが先であった。龍馬の功はこれらの案を実現した点にある。中岡と龍馬は名コンビであり、どちらも主役であって脇役ではない。

中岡は、アメリカの独立戦争は、かの国における「攘夷」だったと解釈している。この解釈は見事だ。米国の独立宣言に謳われた「独立国家が当然の権利として行ないうるあらゆる行為をなす完全な権限」を、日本は不平等条約によって奪われてしまった。中岡にとって攘夷とは、欧米列強の植民地主義に対抗する独立戦争だったのだろう。

土佐藩の板垣退助は「もし中岡が生きていたら西郷や木戸と肩をならべる参議になっていたはず」とその才を絶賛し、龍馬もつねに「共に事を謀るなら中岡をおいて他にいない」と語っている。しかし維新前夜、おしくもその龍馬と共に京都近江屋で暗殺されてしまった。享年三十。

48

世の人はわれをなにとも云《ゆ》はばいへ
わがなすことはわれのみぞ知る

坂本《さか》《もと》龍馬《りょうま》

坂本龍馬の存在は特異である。おそらく幕末の志士の中で、龍馬ほど尊皇主義にこだわらなかった者は少ない。あの西郷隆盛でさえ西南戦争で死ぬ直前、東の方に体を向けて皇居を伏し拝んだというエピソードがある。それほど尊皇思想は志士たちの精神的なより所だったのだ。もちろん龍馬にも尊皇の心は当然あったのだが、少し趣が違うようだ。彼の

口述筆記による『船中八策』の中でも、「天下の政権を朝廷に奉還せしめ、政令宜しく朝廷より出づべき事」の後に「上下議政局を設け、議員を置きて万機を参賛せしめ、万機宜しく公議に決すべき事」と続く。この「公議」の正当性を保証するものが天皇だったのだろう。

維新の後、明治政府は有司専制を強め、やがて薩長藩閥の独擅場《どくせんじょう》と化した。天皇の下ではすべての臣民が平等であるという一君万民主義はもろくも裏切られたことになるが、尊皇思想によって人々の心に芽生えた平等意識は、その後の自由民権運動や社会主義運動に間違いなく継承されていったはずである。その先鞭を着けたのが龍馬であったといえなくもない。事実、民権家の中江兆民は終生龍馬を尊敬していたし、その兆民の愛弟子は社会主義者の幸徳秋水なのだから。

龍馬は貿易という実利的手段を用いて薩長連合を実現し、新生日本の具体的な政治体制を示して大政奉還を成功させた。彼の行動は終始一貫して合理的かつ具体的であり、それが現代人に支持される所以だろう。享年三十三。

49

波風のあらき世なれば如何《いか》にせん
よしや淵瀬に身はしづむとも

伊東甲子太郎《いとうかしたろう》

幕末の志士の中には、何を志していたのかよくわからない人物がいる。その典型が伊東甲子太郎だろう。新選組に中途から参加し、すぐれた才覚をかわれて最初から幹部待遇を受けた。にもかかわらずほどなく分派して反幕派勢力に加わり、やがて新選組の手で暗殺されてしまうのである。いったい甲子太郎はなにを構想し、どこへ向かおうとしていたの

だろうか。死人に口なしである。若くして死んでしまったためにその本意は不明である。甲子太郎は水戸徳川家の尊皇思想を信奉していた。だとすると倒幕派ではなかったはずだ。新選組も思想的には尊皇攘夷を支持する佐幕派だったから、考え方は一致している。

もともと新選組は攘夷断行の先兵となることを本旨としており、不逞浪士の取締りなどは不本意だった。たまたま池田屋事件で天下にその名をとどろかせ、佐幕派の代表的な存在になってしまっただけである。しかしその結果、近藤勇ら幹部は骨の髄まで佐幕派になってゆく。近藤や土方歳三が幕府直轄領の出身だったことも影響していただろう。

一方で甲子太郎は、尊皇主義を強め、公家中心の政権を作ること、朝廷の直属軍を作ることなどを構想するようになる。もしかすると甲子太郎は、新選組を幕府配下の組織から、天皇の御親兵にしようと目論んでいたのかもしれない。それが可能だとタカをくっての入隊だったという推理も成り立つ。しかし志半ばで倒れたために、真相は永久にわからないままである。享年三十三。

50

この世をばしばしの夢と聞きたれど
おもへば長き月日なりけり

徳川《とくがわ》慶喜《よしのぶ》

徳川慶喜は幼少から英邁の誉れ高く、家康公の再来と言われ、幕末の初動期から彼を将軍にと望む声が高かった。しかし慶喜自身は執拗にそれを拒み続け、結局、幕府が崩壊する直前に十五代将軍の座に着いた。もはや慶喜しか幕政の混乱を収拾できる人材が徳川宗家にいなかったのだ。が、慶喜はあっさりと政権を朝廷に奉還してしまう。このとき慶喜

は、政権を返上された朝廷はこれを持て余して再び幕府へ政権を委任してくるだろうと予測していたのである。そうなれば討幕派の攻撃をかわすことができるし、幕藩体制を維持することもできるだろう。大政奉還は慶喜一世一代の賭けであった。

慶喜には具体的な新政権構想があって、それは次のようなものだった。将軍が行政権を掌握して元首となり、上下両院から成る議政院が立法権を持つ。上院には諸大名、下院には各藩から選抜された藩士が参加する。将軍は上院の議長を兼ね、下院の解散権を持つ。天皇は議政院の議定に対して拒否権を持たない。まさに近代化した徳川幕府そのものである。

しかし討幕派は政権を幕府に返さなかった。しかも「錦の御旗」を掲げて幕府軍と交戦した。尊皇思想の総本山である水戸藩出身の慶喜はこれを見て戦意を失い、自ら進んで謹慎し恭順の意を示した。以後慶喜は、大正二年に七十七歳で没するまでほとんど公の場に現れなかった。その徹底した謹慎ぶりが、徳川幕府の完全なピリオドとなった。

51

おほぎみとみくにのためにすててこそ
いのちかひあるやまとなでしこ

落合《おちあい》ハナ

政権を返上した徳川慶喜は京から大阪城に入った。朝廷は「王政復古の大号令」を布告したものの、徳川幕府には以前として二万人を超す家臣団が存在する。名実共に朝廷が新政府になるためには武力で幕府を倒すしかなかった。そのために薩摩、長州、土佐など倒幕派諸藩は近代兵器で武装していた。

倒幕派は幕府のほうから攻撃をしかけてくることを望んでいた。そうすれば「朝敵」として幕府を賊軍にすることができるからである。しかし慶喜は大阪城に入ったまま沈黙を続けた。業を煮やした倒幕派は「江戸かく乱計画」を実行する。薩摩を名乗る約五百人の浪士たちが江戸市中で暴行のかぎりをつくすのだ。つまり幕府のお膝元で行う徴発行為である。江戸市民はこれを「御用盗」と呼んで恐れた。かく乱工作は江戸城二の丸の放火にまでエスカレートし、ついに幕府側は、三田の薩摩藩邸を焼き討ちしてしまう。徴発に乗ってしまったのだ。これにより戦端が開かれ、日本史上最大の内戦「戊辰《ぼしん》戦争」が始まるのである。このかく乱工作は手段を選ばない、いわば「汚いやり方」だった。そのためか、かく乱工作の現場指揮官たちは後に皆不可解な死に方をしている。偽官軍の汚名をきせられて斬首された相楽総三がその代表であり、彼らは歴史の闇に葬り去られたのだった。

落合ハナについては、三田薩摩藩邸表小姓落合孫右衛門の妻で、焼き討ちで戦死したということしかわからない。歴史の影に、ハナのような名もない憂国の士がいたことを忘れてはならないだろう。

52

帰り来ん時よと親の思ふころ
果敢《はか》なきたより聞くべかりけり

神保修理《じんぼしゅり》

あろうことか将軍慶喜は、京で新政府軍と幕府軍が戦闘を始めると夜陰にまぎれて大阪城を抜け出し、軍艦に乗って江戸へ帰ってしまった。その結果、総大将である慶喜の逃亡を知った一万五千人の在京幕府勢力は動揺し、わずか三千人あまりの新政府軍に大敗した。慶喜を動揺させたのは新政府軍が掲げた「錦の御旗」だった。彼は「賊軍」になることを

恐れたのである。しかし天下の将軍が家臣団を置き去りにして逃亡するなど前代未聞のことであり、万死に値する大失態であった。この責任は当然慶喜自身が負うべきものだったが、責任をなすりつけられた人物がいる。会津藩士神保修理である。

修理は京都守護職松平容保の側近であった。外国事情調査のために長崎へ出向き、そこで伊藤博文や大隈重信らと親交を深めている。幕臣の勝海舟は親友だった。王政復古の報を聞きくや急ぎ大阪へ向かい、慶喜に謁見して謹慎するよう進言した。修理は非戦論者であり、坂本龍馬などと同じく内政の混乱を平和裏に収めたかったにちがいない。もちろん謹慎を進言しても逃亡を勧めたわけではなかった。しかし慶喜自身が「逃亡したのは修理の進言による」と弁明したため、修理は裏切り者とののしられたあげく、その責任を一身に背負うかたちで切腹させられた。享年三十。修理の父も妻も、後の会津戦争で死んだ。

慶喜が謹慎してしまったことにより、新政府軍の矛先は会津藩に向けられることになる。

53

晴れてよし曇りてもよし富士の山
もとの姿は変わらざりけり

山岡鉄舟《やまおかてっしゅう》

新政府軍は江戸城を攻撃するべく破竹の勢いで進軍していた。あくまでも慶喜を死罪に処する方針であり、これは東征軍参謀西郷隆盛の強い意向でもあった。一方、幕府を代表する勝海舟も、新政府軍が江戸に攻めて来たら城下に火を放って焦土作戦を展開する覚悟を固めており、放火の手はずや避難民の退路の確保まで準備していた。この一触即発の事

態を、たった一人の人間が収めた。山岡鉄太郎、後の鉄舟である。

新政府軍の江戸総攻撃を阻止するためには、西郷と直談判して講和を結ぶしかないと考えた慶喜側近の高橋泥舟や勝の意向により鉄舟が派遣されたのである。鉄舟は泥舟の義弟であり、若い頃から禅と剣の修業に打ち込んできた男であるが、幕臣としては何の実績もない。しかしその人物を見込まれて、この起死回生の使者に抜擢されたのだった。鉄舟は敵兵がひしめく東海道を下り、「朝敵徳川慶喜家来、山岡鉄太郎、大総督府へまかり通る！」と名乗り上げた。西郷との交渉では、慶喜の身柄を備前藩に預けよという要求を最後まで拒否。西郷に「朝命である」と凄まれても一歩も引かず、逆に「もし西郷先生の主君が今の慶喜公の立場だったら、先生はこのような命令を甘受されますか」と噛み付いた。西郷は鉄舟の要求を快諾し、後日、慶喜の死罪さえ赦している。この会見によって江戸城の無血開城が決まったと言っていい。

江戸城無血開城は、あたかも勝海舟一人の功績のように後世語られることが多いが、それは鉄舟が自らの功績を他言せず、沈黙していたためである。享年五十三。

◆望東尼の下の句

臨終の間際、晋作は紙と筆を用意させ「面白きこともなき世を面白く」と、辞世の句の前半を詠んだ。しかし気力が尽きて後が続かない。枕頭にいた望東尼が「すみなすものは心なりけり」と下の句を継ぐと、晋作は「おもしろいのう」と微笑んで安らかに息を引き取ったという。

この有名な高杉晋作逝去の場面は、残念ながら後世の創作である。

晋作と望東尼の合作歌は、東行庵に現存する『東行遺稿』に収載されており、巻末には「丙寅未定稿五十首国家十首」と添え書きされている。「丙寅」は慶応二年のことだから、この歌が詠まれたのは晋作の死の前年ということになる。まだいくらかの体力を晋作が保ちえた時期に詠まれたものなのだ。当然、下の句は、始めから望東尼に詠んでもらうつもりだったのだろう。病床の退屈をまぎらわす遊びだったのかもしれない。

ところで、望東尼の下の句は後世かなり不評である。晋作の男っぽい上の句に対していかにも女性的であり、上品に過ぎる。特に「心」という言葉が、火薬のように生き急いだ晋作の生涯に似つかわしくなく、弱々しい印象を与えるのだ。

しかし望東尼といえば、女志士としてその名を知られた存在である。数々の危険思想人物を自宅に匿い、自らも政治犯として逮捕された経験をもつ。この不撓不屈の女性が、幕末の風雲児の絶唱を受けて、わざわざ女性らしい感性を表現しようと努めるはずがない。

「心」という言葉に着目して、少し脱線してみる。

禅問答に「非風非幡《ひふうひばん》」という小話がある。

あるとき、風になびく旗を見ながら二人の僧が言い争っていた。

「あれは旗が動いているんだよ」

「いいや風が動いているんだ」

この話を立ち聞きしていた僧が言った。

「旗が動いているのではない。風が動いているのでもない。あなたたちの心が動いているのだ」

禅に「一切唯心造《いっさいゆいしんぞう》」という言葉がある。すべての事象や存在は、心が造り出したものにすぎないという意味だ。

この世を面白いと思えば、この世は面白いものとして存在する。この世を面白くないと思えば、この世は面白くないものとして存在する。

おそらく望東尼が詠み込んだ「心」という言葉は、一切唯心造と同じことだろう。だとしたら「面白きこともなき世を面白く」の下の句は、意訳すると、こうなる。

「あなた次第ですよ」

晋作が亡くなったのは、この翌年、四月中旬の深夜だった。誰に看取られて逝ったのか、現存する資料では確かなことはわからない。

その七ヶ月後、望東尼も逝った。

◆龍馬は時勢に疎かったのか

尊攘の志士たちの間で打倒井伊直弼の気運が高まっていた頃、二人の水戸藩士が土佐国の藩境にやって来た。彼らは龍馬に速達を出して、入国の斡旋を依頼している。このとき彼らが龍馬を頼ったのは、竜馬の名がすでに小千葉道場の塾頭として知名度を得ていたからだろうと考えられる。

水戸の両名は住谷寅之介と大胡《だいご》聿蔵《いつぞう》。ともに尊攘の志士であり、諸藩の決起を促すための遊説使だった。彼らは偽名を用いて藩境に潜伏しており、井伊政権下の危険思想人物でもあったから、結局、土佐に入国することはできなかった。

このとき住谷が日記に記した龍馬評が後世非常に有名になった。「龍馬誠実可也ノ人物併撃剣家。事情迂闊《うかつ》。何も不知トゾ。」という一文である。龍馬は時勢に疎く、何も知らないというのだ。けれどもこの時期の龍馬は、すでに二度も江戸遊学を経験しており、ペリー艦隊を実見してもいる。しかも、後に結成される土佐勤皇党の志士たちとも親しかった龍馬が、時勢に疎かったというのはどうゆうことなのだろう。

「事情迂闊」と評したのが水戸の志士であったことに注目したい。おそらく、水戸の志士からこう評されたのは、龍馬が「尊皇」主義にあまり関心を抱いていなかったからではないかと思う。

尊皇主義は一種の宗教といっても過言ではない。天子様（天皇）の御世になれば、人心は一つにまとまり、外国勢力を一掃できる。このような思想が当時の志士たちの心情であり、水戸はその思想の発祥地であり総本山だった。おそらく、住谷らが尊皇主義の文脈で熱く語る時勢論に、龍馬は素直に賛同できなかったのだろう。その結果の「事情迂闊」ではなかったろうか。

龍馬に尊皇思想がなかったわけではない。もしなかったら土佐勤皇党に参加などしなかったはずだ。しかし天子様の御世になればすべてうまくいくという楽観論には疑問を感じていたのだろう。もっと具体的な政体論がなければ、人心を一つにまとめる方策も、具体的な国防策も出てこない。龍馬のこの積年の疑問に答えたのが勝海舟である。

龍馬が勝から米国大統領制の話しを聞いて狂喜したのは、尊皇主義だけでは具体的な新生日本の青写真が見えて来ないと感じ続けていたからにちがいない。大統領は人々の入り札で選ばれ、下女の生活の心配までしていると聞いたとき、この制度を天皇が保証するなら、必ず日本は世なおしを実現できると確信したはずだ。龍馬は商家出身であり、非生産階級である武士の理想主義とは一風異なる現実主義に根ざしていたのである。

その結果として龍馬は、尊皇主義を狂信する同士たちからつねに事情迂闊的な評価を下されることになる。一方で、片寄った尊皇主義者ではなかったために多くの幕臣と親しくなることもできた。

戦前の社会主義運動も、戦後の学生運動もそうであるが、革命闘争というものは、ある政治思想を狂信する集団が大騒ぎをしながら進行してゆくものなのだ。幕末の場合は尊皇主義であり、それに根ざした攘夷運動であり、龍馬はその埒外にあった。

龍馬は決して幕末を象徴する人物ではない。龍馬を幕末史の中心に置くと、少なくとも文久四年あたりまでの政治的混乱がただの乱痴気騒ぎにしか見えなくなる。尊皇主義にかぶれなかった龍馬は現代人には理解されやすいし、また共感もされるが、当時の一般的な志士たちとは別次元の人物だったと見るべきである。

龍馬を前面に打ち出して幕末を描いても、あの時代の本質は決して見えて来ないし、むしろ混乱をきたすだけだろう。

第四章　北の砲煙

54

危うきを見すてぬ道のいまここに
ありてふみゆく身こそ安けれ

坂英力《さかえいりき》

幕末、天皇のいる京の町で治安維持活動をしたのが会津藩だった。幕府の厳命によってほとんど強制的にこの役割を背負わされたのである。配下に新選組を従えて、過激な尊攘派志士を厳しく取り締まった。そのことで、特に長州藩の恨みをかうことになり、将軍慶喜の謹慎後、会津は倒幕派の標的にされてしまった。

会津藩の近隣諸藩は、会津の立場に同情し、新政府に対して会津処分の寛大な処置を嘆願したが、ニべもなく一蹴されてしまう。その結果、東北や北越の諸藩は連帯し、「奥羽越列藩同盟」を結成して新政府に対抗した。

列藩同盟は、ただの軍事同盟ではなかった。寛永寺貫首であった北輪王宮を迎えて新天皇とし、年号も別途に建て、公議所と共通の軍旗も持った。東日本にもう一つの政府が樹立されたようなものだった。もし列藩同盟が新政府と互角に戦えば、日本は南北戦争のような事態になっていただろう。しかし同盟の結束は弱く、新政府に降伏する藩が続出し、わずか四ヵ月あまりで瓦解してしまった。結局、会津藩を救うことはできなかった。

右の歌は、列藩同盟結成の主唱者の一人、仙台藩士坂英力の辞世である。戊辰戦争が終結した後、戦犯として斬刑に処された。享年三十七。

列藩同盟は脆弱な同盟であったが、主唱者たちの志は壮大だった。日本駐在の外国使節や報道関係者たちは、この同盟を事実上の主権政府とみなし、一時は「北部政府」と呼ばれたほどだった。

55

仇《あだ》守る砦《とりで》のかがり影ふけて
夏も身にしむ越《こし》の山風

山県有朋《やまがたありとも》

越後長岡藩は当初、列藩同盟にも新政府にも属さず中立の立場をとった。家老河井継之助は充分に近代兵器で藩を武装したうえで、新政府に中立を申し立て、会津藩の処分を平和的交渉によって解決するよう訴えた。しかしこの和平案は一蹴されてしまう。長岡の藩領には新潟港があり、ここから武器と弾薬が列藩同盟側に供給される恐れがあったからだ。

長岡藩は武装中立の不可能をさとり、列藩同盟に参加して新政府軍と戦う道を選んだ。

長岡藩には、当時の日本に3基しか輸入されていなかったガトリング砲が2基もあった。これは機関銃のような武器で、1分間に200発の弾丸を連続発射できた。いかに新政府軍の兵士が新式のライフル銃で武装していたといっても、1分間に撃てる弾は5発が限度である。新政府側は苦戦を強いられ、多大な犠牲を出した。開戦早々、参謀の時山直八が頭を撃たれて戦死する。時山は松下村塾の出身で、長州藩が経験したすべての戦闘に従軍した歴戦の勇士であり、新政府軍を指揮していた山県有朋の親友でもあった。山県は後に日本陸軍の父と呼ばれ、明治の元勲となったが、晩年まで時山の戦死を思い出すたびに涙を流したという。右の歌は時山を失った戦闘の最中に詠んだものである。

頑強に抵抗した長岡藩もやがて新政府軍の圧倒的な物量の前に敗北した。この長岡の戦闘は「北越戦争」と呼ばれ、戊辰戦争における最大の激戦だった。

56

真心のあるかなきかは屠《ほふ》り出す
腹の血潮の色にこそ知れ

林忠崇《はやしただたか》

約六百八十年間続いた武家政権が崩壊したにもかかわらず、武家側の抵抗は少なかったといえるだろう。本来、武士は御恩と奉公の関係の中に存在していたのだから、主筋の危急存亡に際しては押っ取り刀で死地に向かうのが当然であったにもかかわらず。

ここで特筆すべきは上総請西《じょうざい》藩である。わずか一万石にすぎない小藩であるが、なんと殿様自らが脱藩し、旧幕府軍に加わって戦ったのだ。殿様の名は林忠崇。まだ二十一歳の若さだった。60人の家臣を連れ、多くの犠牲を出しながら東北戦線で新政府軍に激しく抵抗し、徳川家の存続と慶喜の助命が決定されるまで降伏しなかった。この抵抗により全諸藩中、唯一請西藩だけが取り潰され、忠崇は大名の身分を剥奪された。その後は農業に従事したり、東京府の下級官使や商家の番頭をして貧困と流浪の半生を送った。しかし旧藩士たちの熱心な家名復興の嘆願によって後年林家は華族に列せられている。忠崇は長寿をまっとうし、昭和十六年、娘の経営するアパートで九十四年の生涯を閉じた。彼の死によって存命する元大名はすべていなくなり、「最後の殿様」と呼ばれた。

亡くなる前、集まった人々に辞世を求められたが「明治元年にやった。今はない」と答えている。右の歌がその明治元年の辞世であり、忠崇が降伏を決意したときに作ったものである。亡くなる三年前、こんな句も詠んだ。

「琴となり下駄となるのも桐の運」

57

かねてより親の教えの秋《とき》はきて
今日の門出ぞ我はうれしき

津川喜代美《つがわきよみ》

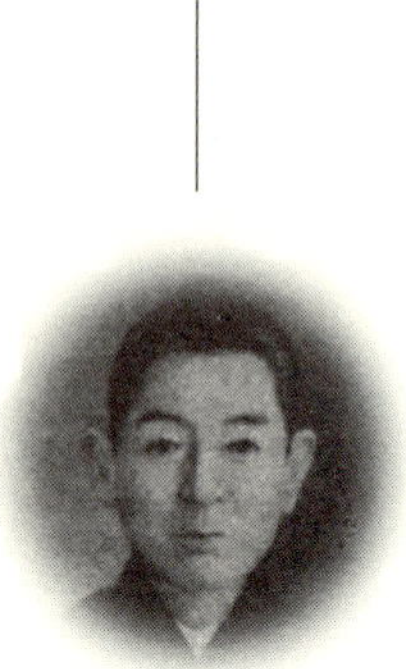

新政府軍が大挙して会津藩に迫っていた。会津領は四周を山に囲まれているため、守備兵力を各方面に分散せざるを得ず、そのためどこの防衛線も兵員が不足していた。予備兵力であった少年兵「白虎隊」が戦場に出たのはそのためだった。しかし少年たちはいやいや戦場へ駆り出されたわけではない。十六歳から十七歳までの上級武士の子息であった彼

らは、軍事奉行に宛てて「敵兵の最も多き所敵情の最も萃《あつ》まる所痛望の至りに堪へず」という出陣建議書まで提出している。早く激戦地へ自分たちを出陣させてほしいという嘆願である。

会津藩士の子息たちは、物心ついたときから徹底的に士道教育を施された。嘘をつかない、卑怯な振る舞いをしない、弱い者いじめをしない、そして「ならぬことはならぬものです」と誓う。津川喜代美少年もそうやって育てられてきたのだった。

この生真面目な少年たちが戦場へ出て、新政府軍の近代兵器に散々蹴散らかされたあげく、退却途中の山腹から城の炎上を目撃するのである。集団自刃したのは必然だった。実際にはまだ城は落ちておらず、城下の黒煙に包まれていただけだったが。少年たちは自刃の作法を違えず、見事に散った。喜代美はこのとき十六歳だった。

武士たる者はひとたび戦場に出たら決して生きて帰るなと教え込まれていたのである。もとより生きて帰る気などなかった少年が、出陣の間際に詠んだのがこの歌だった。

58

過ぎし世は夢かうつつか白雲の
空に浮かべる心地こそすれ

飯沼貞吉《いいぬまさだきち》

飯盛山で自刃した白虎隊士20人の中で、飯沼貞吉のみが蘇生した。貞吉は短刀で喉を突いて意識を失っていたのだが、絶命する前に地元の女性に発見され応急措置を受けたのである。その後、味方の軍医に喉の傷を縫合してもらい一命をとりとめた。白虎隊の最期が後世に伝えられたのは貞吉の証言による。

戦後、貞吉は会津を離れ、再び故郷で暮らすことはなかった。後に逓信省の技師となり各地を転勤して歩いている。四十一歳のとき電信線を架設するために中国大陸へ渡った。日清戦争開戦の二日前のことであり、決死の建設行だった。ピストルを携帯して行くよう友人に勧められたが、「わたしは白虎隊で死んでいるはずの人間です。命は捨てていますよ」と断り、「船を使わなくても東京と通信ができるようにしてみせます」と笑ってみせたそうである。貞吉の陸線電信建設は成功し、戦争の勝報はこの電信線によって次々と日本に伝えられた。

貞吉は晩年、頭髪と抜けた歯を小箱に収め、自分が死んだらこれを会津の地に埋めてほしいと遺言した。右の歌はそのころ詠んだものであり、昭和六年、仙台で七十八年の数奇な生涯を閉じた。貞吉の残した小箱は、後に飯盛山にある白虎隊十九士の墓所のそばに埋められ、そこに墓碑が建てられた。

ここを訪れた俳人の金井朝忠は、貞吉の墓碑に次の一句を献じている。

〈自刃蘇生は恥かや常蔭に墓も独り〉

59

なよ竹の風にまかする身ながらも
たわまぬふしはありとこそきけ

西郷千恵子《さいごうちえこ》

藩境の防衛線を突破した新政府軍は怒涛の勢いで会津若松城下へとなだれ込んだ。このとき、筆頭国家老西郷頼母の一族は城内へ避難せず、自宅で集団自決した。

頼母は、松平容保が京都守護職に就任する際、混乱する政局に巻き込まれる可能性を懸念して藩主の意向に真っ向から反対し、以来容保との関係が良くなかった。しかも、東北地方の入口にあたる白河口攻防戦では総督を務めたものの新政府軍に大敗し、それがもとで奥羽越列藩同盟が瓦解するきっかけを作ってしまった。頼母は周囲から激しく批難されていた。そのため彼の一族は、頼母の汚名をそそぐべく、敵が城下に攻め入ったら筆頭家老の家族らしく潔く自決することを事前に決めていたのだった。自決は当主不在の中で実行された。頼母の妻千恵子は、まず三女田鶴子八歳を刺し、泣き叫ぶ四女常盤四歳を「そなたも武士の子なるぞ」と諭して刺し、最期に二歳の季子を刺した後、自らも自刃して果てた。享年三十四。頼母の母と祖母、妹たち、西郷家譜代の臣など、あわせて21人が邸内で自害した。長男吉十郎十二歳だけが、千恵子の命で城に入った。

籠城戦が始まると頼母は、容保や重臣たちに玉砕を迫ったが受け入れられず、城中に居られなくなり、吉十郎と共に城を追われた。戦後は日光東照宮の宮司などを勤め、最後は会津若松へ帰って七十五歳で亡くなった。

右の歌は妻千恵子の辞世の句である。

60

手をとりて共に行きなば迷わじよ
いざたどらまし死出の山路《やまみち》

西郷《さいごう》瀑布子《たきこ》・細布子《たえこ》

この辞世の句は、上の句を西郷瀑布子十三歳が詠み、下の句は姉の細布子十六歳が付けたものだ。共に西郷頼母の娘であり、西郷家の集団自決で命を断った。あきらかに妹の瀑布子は死を恐れているように感じられる。それを励ますように姉の細布子が力強い調子で詠っている。この西郷家の悲劇に思いを馳せるとき、士道教育というもののすさまじさを

痛感せざるを得ない。頼母の妻千恵子は四歳の娘を刺すときに「そなたも武士の子なるぞ」と諭した。四歳の童女にその言葉の意味が理解できるはずもなく、これは多分に自分自身を励ます言葉だったのだろう。しかし十六歳の細布子となると、すでに武士の子として精神的に自立している。白虎隊の少年たちと同年齢であり、武家の子女も男子に負けないぐらい精神を鍛えぬかれていたことがわかる。

城下に突入した新政府軍の兵士が敵弾を避けるために西郷邸に入った。すると、多くの婦女子が血に染まって絶命している。その中に一人だけ、まだ息のある少女がいた。細布子だった。細布子は喉を突いたが死にきれず、少し顔をあげたが、もう目は見えていなかった。新政府軍の兵士に「そなたは敵か味方か」と問うた。「味方だ」と兵士はとっさに答えた。細布子は最後の力をふりしぼるように血まみれの短刀を差し出した。とどめを――。兵士は泣く泣く介錯した。この兵士がみせた武士の情けを、いまでも会津の人たちは感謝を込めて語りついでいる。

61

ものの夫《ふ》の猛《たけ》き心にくらぶれば
数にも入らぬ我身ながらも

中《なか》野《の》竹《たけ》子《こ》

会津の籠城戦が始まったとき、武家の婦女子の多くは城内に入り、炊き出しや負傷者の看護にあたった。火災を消火し、大砲の不発弾に布団をかぶせるなど、命がけの活躍をしている。その一方で、城外で男たちと共に戦った婦女子もいた。後世「婦子《じょうし》軍」と呼ばれた女性たちである。

中心人物は中野孝子四十三歳。彼女たちは男装して薙刀で武装した。城外の会津軍は、「婦女子まで戦わせたとあっては敵に笑われる」と従軍を拒んだが、「ならば目前で自刃するのみ」と言う彼女たちの意気に感じ入り共に戦ったのである。婦子軍の華は孝子の娘竹子だった。竹子は江戸藩邸育ちの二十二歳で、高い教養もあり、城下でも有名な美人だった。当時混浴だった銭湯に、竹子見たさに男たちがつめかけたという逸話もあるほどである。もし戦闘中に敵に生け捕られたらどんな目に遭うか、彼女たちはよく知っていた。それゆえに必死の覚悟で戦った。

婦子軍の戦場は郊外の「涙橋」付近だった。新政府軍の兵士たちは竹子らを発見すると「生け捕れ」と群がった。しかしいずれも薙刀の名手であり、へたに近づくことさえできなかった。やがて敵弾が竹子の額に命中した。このとき激戦の真っ只中で竹子の首を切って持ち帰ったのは妹の優子十六歳だった。竹子よりもさらに美人で有名な少女だった。

この戦闘の後、婦子軍は城に入城して籠城戦を戦いぬいた。戦後優子は北海道へ渡り、菓子商を営みながら八十歳まで生きた。

62

明日の夜はいづこの誰かながむらん
なれしお城にのこす月かげ

山本八重子《やまもとやえこ》

会津は籠城一ヶ月の後、約三千人の犠牲者を出して降伏した。このとき、城の雑物庫の白壁に、月明かりをたよりにカンザシで一首の歌を刻書した女性がいた。山本八重子二十四歳である。彼女は先に戦死した弟の形見の装束を着て男装し、両刀をたばさみ、元込め七連発銃を持って籠城戦を戦いぬいた。しかし連日二千発以上の砲弾を撃ち込まれ、

武器も食料も尽き、ついに会津の城は落ちたのである。その白壁に残されたのが右の歌だった。

後に八重子は同志社大学の創立者新島襄と結婚した。クリスチャンとなり、新島の学校経営を賛助し続け、女子教育と社会福祉活動にその生涯を捧げた。享年八十六。

戊辰戦争で賊軍にされた会津藩士の人々は、戦後露骨なほど社会的差別を受けた。会津と敵対した薩長閥が運営する明治政府の世を生き抜くのは辛いことだった。にもかかわらず、八重子のようにたくましく生きた会津人も少なくなかったのである。東京大学の総長になった山川健次郎、明治学院大学を創立した井深梶之助、陸軍大将になった柴五郎、海軍大将の出羽重遠、『小公女』を翻訳した若松賤子、鹿鳴館の華と謳われた大山捨松など、多くの人材が逆境を乗り越えて活躍した。

会津の人々がたどった苦難の道のりは、そのまま昭和日本の歴史と重なる。昭和の焼け跡を生き抜いた人々も会津の武士たちと変わらない。残酷なまでに戦いぬき、戦いに破れても負けなかった。日本はそんな国である。

63

君もまた棄ててお行きか今は世に
数えんほども友はなき身を

山《やま》川《かわ》大《おお》蔵《くら》

会津藩二十八万石は降伏後、領地を没収され、国替えとなった。現青森県下北半島に三万石を与えられ、一万七千人、四千三百戸の藩士家族が集団移住することになる。これは、藩ごと流刑とされたにも等しい厳しい処分だった。もっとも旧会津藩領は戦後の混乱から農民一揆が多発してもはや安住の地ではなくなっていたから、藩の若手首脳部は新天

地に未来を賭けたのである。

新しい領地は「斗南藩《となみ》」と名付けられた。〈北斗以南皆帝州〉という漢詩からとったもので、最果ての地であっても帝の領地であるという気概を込めたものだった。しかし斗南の大地は実収七千石程度の火山灰地で、農業に慣れない武士の家族は困窮を極め、極寒の中で次々と餓えに倒れた。斗南藩を経営した山川大蔵大参事と、永岡久茂、広沢安任両小参事の必死の努力にもかかわらず事態は改善されず、結局、移住は失敗に終わった。斗南藩は廃藩置県によってわずか二年あまりで消滅する。

永岡久茂はその後、反政府活動家となり、反乱を企てて獄死した。広沢安任は現地にとどまり、日本で最初の洋式牧場の経営に成功。最果ての地が不毛でないことを証明した。山川大蔵は軍人となって西南戦争で活躍、後に陸軍少将、男爵となり華族に列した。斗南藩の経営に挫折した三人の、それぞれの生き様だった。

右の歌は、広沢が六十二歳で亡くなったとき、山川が詠んだものである。出世した山川は郷党の若者たちに力を貸すことを惜しまず、生涯、故郷会津のために尽くした。享年五十四。

64

花は咲く柳はもゆる春の夜に
うつらぬものは武士《もののふ》の道

楢山佐渡《ならやまさど》

戊辰戦争で新政府軍と戦って減転封を課せられた藩に盛岡藩がある。家老の楢山佐渡は、奥羽越列藩同盟を離脱した秋田藩を攻撃してその支城を攻め落としたが、後に新政府軍の反撃を受け、敗退し降伏した。

佐渡は二十二歳で家老となり、三万五千人が参加した盛岡藩史上最大の農民一揆を解決するなど、早くから卓越した政治能力を発揮した。王政復古後、京都御所警備のために上洛すると、新政府高官たちに面会を求め、その実態を探った。

ここに有名な逸話がある。佐渡が西郷隆盛を訪ねると、西郷は部下たちと車座になって鍋を食べていた。それを見て佐渡は、「新政府に日本は任せられない」と判断し、新政府と敵対する道を選んだという。佐渡は上級武士の出であり、わずか三歳で登城し、七歳頃には藩主子弟の遊び相手に選ばれている。いわば武士社会のエリートであり、貴公子だった。格式を重んじる武士の社会で生きてきた佐渡が、身分の差別なく車座になって部下たちと食事をとる西郷の姿を見て、新政府は武士の世を終わらせるつもりだと直感したとしても無理はない。佐渡がその後奥羽越列藩同盟に参加して秋田藩を攻めたのは、武士の世を死守したかったからではないだろうか。敗北後、佐渡は敗戦の責任を一身に負って斬首された。享年三十九。武士らしい潔さだった。

佐渡の直感どおり、新政府は四民平等を謳い、国民皆兵令を敷き、ついに廃刀令によって武士をこの世から消滅させた。

65

われもまた花のもとにとおもひしに
若葉のかげにきゆる命か

中島《なかじま》三郎助《さぶろうすけ》

徳川家の家名は存続されたものの、領地の没収は必至であった。およそ四百万石のうち、半分は没収されるだろうと予想されていたが、実際には駿府七十万石への減封となった。これでは膨大な家臣団を養ってゆけない。旧幕府海軍副総裁の榎本武揚が、新たな徳川領を蝦夷地に求めたのは妥当な判断だったと思われる。しかし新政府との軍事衝突は避けら

れなかった。函館の五稜郭に拠点を置いた旧幕府軍は七ヶ月間の抵抗の末破れ去ったのである。

このとき、防御施設の一つだった千代ヶ岡台場は降伏勧告を最後まで拒み、玉砕した。守将は中島三郎助。元浦賀奉行の与力で、日本で最初に黒船に乗り込んで交渉に当たった人物である。その長男恒太郎、次男英次郎も共に戦死した。榎本は三郎助に退却するよう命じたが、「我はこの地を墳墓と定め候」と答えて退かなかった。享年四十九。果たしてこれは悲劇だろうか。『保元物語』に「大将軍の前にては、親死に、子討たるけれども顧みず、いやが上に死に重なって、戦ふとぞ聞く」と書かれている。「弓矢を取る身」である武士は、むしろ玉砕するのが当然だったのではないか。

新政府陸軍参謀黒田清隆は、終戦後、敵将榎本の助命を嘆願した。榎本はそれに応えるように、後に明治政府に出仕、外務大臣をはじめ数々の要職を歴任した。彼らは新生日本の発展のために、敵味方であることを超越したのである。これが新しい時代の新しい生き方なら、三郎助は滅び行く武士の最後の一人だった。

66

たとひ身は蝦夷の島根に朽ちるとも
魂《たま》は東《あずま》の君や守らむ

土方歳三《ひじかたとしぞう》

新選組は、政情の不安定な京洛の地にあって、始めから一枚岩の組織ではなかった。もとは攘夷実行を志す若者たちで結成され、それが幕府直轄の警察組織へと変貌したため、しばしば隊士間に思想的齟齬《そご》が生じた。おそらく芹澤派の粛清や、山南敬介の切腹、御陵衛士の分派などはそのあたりに起因している。正統な武士の組織ではなかった新選組が、

佐幕派として最後まで一貫した行動をとれたのは、「鬼の副長」と呼ばれた土方歳三の統率力の成果といってもいい。土方が鬼にならなかったら、新選組は早い段階で離散していただろう。

土方が旧幕軍の最後の拠点、五稜郭で戦っていた時期、かつての厳しい性格が和らぎ、温和で部下たちから母のように慕われたという逸話は、五稜郭に集まった人々が幕府に殉じる気持ちで一体となっていたからではないか。もはや厳しい罰則で部下の意志統一を図らなくても、皆が同じ心情で戦っていたのだから。

よく土方を評して「亡びの美学」とか「男の美学」というけれども、そんな美学と土方の哲学は無縁であると感じる。新選組が掲げた「誠」の文字は、武士の規範である忠義・忠節を謳ったものであり、近世日本の戦闘員が当然従うべき常識であった。土方はその常識を生きただけであり、死んでも東の君（将軍）を守るのだという信念は最後まで揺るがなかったにちがいない。土方は函館総攻撃の朝、敵弾を受けて戦死した。享年三十五。土方の死によって、確かに一つの時代が終わりを告げた。

67

幾人の涙は石にそそぐとも
その名は世々に朽ちじとぞ思ふ

松平容保《まつだいらかたもり》②

会津藩の降伏と引き換えに死一等を減じられた藩主松平容保は、後に日光東照宮の宮司となって静かな半生を送った。その容保が、小さな竹筒に入れて終生片時も手放さず身に着けていたのが、孝明天皇の御宸翰《ごしんかん》（天皇直筆の文章）と御製《ぎょせい》（和歌）だった。これは八・一八政変のときに孝明帝から下賜されたものである。御宸翰には「朕の存念貫徹の段、全

くその方の忠誠にて、深く感悦」と書かれており、容保が天皇の信任を得た真の勤皇家だったことを確証するものであった。会津藩は「朝敵」にされ「賊軍」呼ばわりされたが、もしこの御宸翰と御製の存在が公にされていたら、新政府も容保に手が出せなかったはずである。容保はなぜ、自分こそが真の尊皇であると公表しなかったのだろうか。

孝明帝は幕末の終盤、突然崩御された。この死は討幕派による毒殺と噂された。直後に出された「倒幕の密勅」は明治天皇の詔書であるが、即位したばかりの帝はまだ十四歳であり、この詔書には天皇の勅裁を得た印である「御画可」も記されていない。このような政治的に不穏な時期に先帝の御宸翰を公表しても偽物呼ばわりされただけかもしれない。容保はそれを危惧したはずだし、戦後は明治帝をはばかって公表しなかったのだろう。結局容保は、一言も弁明することなく敗軍の将として生きた。右の歌は、会津飯盛山に眠る白虎隊自刃十九士に捧げられた容保の歌である。いまでも白虎隊の墓前には、多くの参拝者と線香の煙が絶えない。

◆白虎隊の混乱

白虎隊の悲劇は隊長の日向内記とはぐれてしまった事から始まる。

新政府軍は怒涛の勢いで藩境を越え、城下の目前まで迫ってきた。これを水際で迎え撃つべく白虎隊士中二番隊が追加兵力として緊急出動したのだった。しかし兵糧の用意がなかったため、夜になって隊長の日向が自ら食料を調達しに戦線を離れ、そのまま隊に戻って来なかったのである。当夜は台風が吹き荒れていた。非常に大型の台風であり、同日銚子沖を航行していた旧幕府艦隊8隻中、1隻が沈没、1隻を下田まで押し流したほどの暴風だった。おそらく日向隊長は、風雨の荒れ狂う闇夜の中で何らかのトラブルに巻き込まれてしまったにちがいない。

翌朝、白虎隊は隊長不在のまま戦闘に突入した。

嚮導（学生長）の篠田儀三郎少年が隊士を整列させ、「隊長今に至るも帰らず、不肖篠田、今より隊長に代わって指揮をとる」と言ったと、後年飯沼貞吉が証言している。

しかし、ここに素朴な疑問が残る。

白虎隊自刃図

白虎隊は二つの小隊と、さらに二つの半隊から編成されており、それぞれに小隊長と半隊長がいたのである。つまり日向隊長の他に、４人の成人将校が隊士を引率していたのだ。この将校たちまでもが戦闘中不在だったわけではない。その証拠に、野村駒四郎少年が「隊長たるものは銃は不要でしょう」と言って、小隊長の山内弘人が持っていた元込銃を借りて射撃しているのである。「銃は不要」ということは、山内自らは銃撃をせず、陣頭で攻撃の指揮を執っていたことになる。

　また、原田克吉半隊長は、数名の隊士を引き連れて偵察に出た後、戦火をくぐって城に生還している。あきらかに日向隊長不在後も、成人将校たちが隊の指揮を執っていたのだ。しかし彼らの行動はほとんど後世の記録に残っていないし、飯沼の記憶にも残っていない。

戸ノ口原の戦闘は、新政府軍二千六百余人に対し、会津軍側は七百人程度だった。衆寡敵せず、白虎隊の少年たちは幾つかのグループに分かれて後方の山地に退却した。

この山中で、離れ離れになっていた山内小隊長と石山虎之助少年ら数人が行き合う。この時のやりとりが実に興味深い。自分に随って退却せよと諭す山内に対し、街道の側面を衝いて敵を攻撃すると主張する石山が口論になった。あげくに石山は「小隊長にして猶《なお》、能く腰をぬかさるるか！」と山内に言い放ったというのである。山内は憤然として立ち去った。

これは会津武士には考えられない出来事だ。彼らは物心ついたときから年長者には絶対服従するよう厳格に教育されている。しかも後に飯盛山で自刃する石山少年は温厚で沈着な性格だったと伝えられており、山内へ向けられた態度には異常なものがある。おそらく白虎隊の少年たちは、生まれて初めての戦闘で殺気立っていたのだろう。実戦経験が豊富だった日向隊長がいなくなった後、小隊長も半隊長も殺気立った少年たちを統率できなくなっていたのではないか。その結果が、少年たちだけで行動したと証言する飯沼の記憶になったのかもしれない。

殺気立って冷静さを失っていた少年たちも、紅蓮の炎をあげる城下と城を飯盛山の山腹から目撃した時は、城の安否をめぐって2時間ほど議論になった。ここに至ってようやく冷静さを取り戻したようである。しかし城の安否を確認するためには誰かが斥候に出なければならず、敵兵がひしめく城下に入るためには、軍装を脱いで農民に成り済ます必要があった。農装をするぐらいなら潔く死のうと意見が一致して、めいめい自決したのである。白虎隊士中二番隊37人中、戦死または自刃した隊士19名はすべて飯盛山に祀られている。

生き残った隊士の中には農装して城に帰還した者もいるし、伊藤又八少年のように、郊外へ避難していた家族の元へ帰った少年もいる。

◆少年のプライド

白虎隊の話を、もう一つ。

史実を題材にしたテレビドラマの多くは、面白さを追求して過剰に脚色されているものである。白虎隊もドラマ化されると、少年たちが勇ましく抜刀して奮戦する姿が必ず描かれるが、実際にはそんな場面はなかったようだ。

会津藩側は新政府軍と比較して兵員数も武器の性能も格段に劣勢だった。白虎隊の少年たちは胸壁から銃を撃って応戦したが、それが精一杯だったようである。白虎隊が参戦した戸ノ口原の戦闘は、会津側の敢死隊・奇勝隊・游軍寄合組隊の各隊長がそろって敵弾に倒れている。まさに砲煙弾雨の戦場だったのだ。

白虎隊は新政府軍に攻囲される寸前に撤退した。原田克吉半隊長に率いられて偵察に出ていた白虎隊の一部は敵陣地に接近し過ぎ、激しい銃撃を受けて退却。途中で多賀谷彦四郎少年が部隊から落伍した。多賀谷は「コーチョー（甲長）、コーチョー」と叫び、半隊長に助けを求めたが、あまりにも急迫した状況で引き返すこともできなかった（後に多賀谷は城に生還している)。飯盛山で自刃した隊士の何人かは、ここで戦死、または退却中に戦死したという説もある。

白虎隊で自刃あるいは戦死した隊士の生前の逸話は、遺族や友人たちが語った回想が記録されている。その中で、特に印象に残るのが石田和助少年の存在だ。

和助の父龍玄は農家出身で、刻苦勉励して医師となり、やがて藩公の侍医になった。これにより石田家は武士に取り立てられたのである。生母は和助が幼いときに亡くなり、代わって叔母に養育された。和助は学校の帰り道、この叔母の家に立ち寄って「手づから酒を温め独酌数杯を傾くるを以て常」としていたというから驚く。まだ子供である。

父が農家の出であることから、学友に「成り上がり、成り上がり」と馬鹿にされることもあった。そんなとき和助は、「君らは高位高禄の先祖を持つ身なのに、今はちっとも振るわないじゃないか。それは成り下がりというものだ」と笑ってみせたそうである。父が出陣するとき、和助は郊外まで父を見送り、「どうぞ父上ご自愛ください。ぼくら少年もまもなく出陣するでしょうが、家名に恥じるよう

石田和助

なことはしません」と約束した。これが父と子の永遠の別れになった。

戸ノ口原の戦闘の模様を、生存白虎隊士の酒井峰治が後年くわしく書き残している。この記録の中に以下のくだりがある。激しい銃撃戦の最中「土堤の高さ五、六尺、その上に攀じ登り敵の来るを狙い、立ち撃ちをなせしは独り石田和助なり。」

和助はその後、腕に重症を負い、仲間たちと共に飯盛山に向かった。そこで見たものは城下の炎であった。一同自刃を決すると、学生長の篠田儀三郎が文天祥の漢詩を静かに吟じた。

「人生イニシエヨリ誰カ死ナカラン
　丹心ヲ留取シテ汗青ヲ照ラサン」

和助も共に吟じた。

和助は微笑むと、「手傷が苦しければ、お先に御免」と言ってもろ肌を脱ぎ、みごとに腹を一文字にかき切った。白虎隊で最初に自刃したのは和助だった。

和助が胸壁を攀じ登って銃を撃ち、おそらくそこで腕に重症を負い、誰よりも先に切腹したのは、かつて学友から「成り上がり」と馬鹿にされたことを忘れなかったからだろう。

だからこそ誰よりも勇敢に戦って死んでみせたのだ。それが自分と父の名誉を守ること だったのだろう。まだわずかに十六歳の少年である。

白虎隊がテレビドラマのように勇ましく敵中に切り込んで奮戦したのなら、このエピソードは霞んでしまう。けれども、実際はとてもそんな状況ではなかったからこそ「立ち撃ちをなせしは独り石田和助なり。」という酒井峰治の回想がひときわ輝くのだ。

「歴史」に限っては、事実はつねに小説よりも奇である。脚色されすぎた歴史ドラマを観過ぎていると、その時代を生きた生身の人間の真のドラマを見逃してしまうだろう。

あとがき

幕末の短歌を集めてみようと思い立ったものの、あまりにも資料が少ないことに驚いた。志士の伝記や歴史小説などにチラホラ散見できる程度で、しかも言葉の表記すら本によって異なる場合もあった。たとえば岡田以蔵の歌などは、結句が「澄み渡るべき」の場合と「澄み渡る空」の二つのパターンがあり、どちらが正しいのか結局わからずじまいだった。「澄み渡る空」だと近代短歌の表現のようであり、以蔵の生きた時代なら「澄み渡るべき」と表現したはずだと判断し、本書ではこちらを採用した。他にも、「国の大事を余所に見る馬鹿」の歌の作者が、本によっては河上弥一だったり来島又兵衛だったりといった場合もあった。曖昧な点を数え上げたらキリがなくなるほど不明なことが多く、正しい短歌を呈示できたのかどうかはなはだ疑問である。出版したものの、後になってとんでもない間違いが出てくる可能性も否定できない。それはすべて作者の力不足に起因するものであり、間違いの指摘を受けたら謹んで享受する心持です。

世界中の革命史を見渡してみても、名だたる革命家のほとんどが自作の詩を遺しているような例は、日本だけである。和歌、俳諧、漢詩、都々逸《どどいつ》など、形式は様々であるが、志士の多くが革命闘争の真っ只中で詩作をしており、革命の犠牲になった人々まで詩歌を遺しているのである。これは日本が世界に誇るべき高尚な精神文化といっても過言ではなく、いかにも「言霊の幸《さきわ》ふ国」らしいと感じる。

日本人にとって詩は、古来より生活や人生と密接に結びついていた。合戦で敵の武将の首を取ったら兜の中から辞世の句が出てきたといった話もめずらしくない。白虎隊の飯沼貞吉は出陣の際、母が贈ってくれた「梓弓むこふ矢先はしげくともひきな返しそ武士の道」という歌を襟に縫いこんで戦場へ行ったという。このようなエピソードに触れるたびに、深く首肯してホロリと泣けてくる心情が日本の文化なのではないかと思う。この文化は、遠く『万葉集』の時代から続いている。

東日本大震災で多くの人命が失われ、被災地の人たちが苦しんでいる姿をニュースで観ながら、私は本書を執筆した。内容はまったく震災とは関係がない。けれども、万葉集からずっと続くものについて考えていた。この日本という国の土を掘ったら、その奥から出てくるはずの何かを掘り起こしていた。それが何なのか、少しだけわかったような気がして筆を置く。私の感慨が、行間のどこかににじんでいれば幸いである。

本書は企画の段階から、複数の編集者に「おもしろくない。売れない。」と断言されてしまった。にもかかわらず、最初から最後まで首尾一貫して応援してくれたのは丸山和也先生である。惜しみなくアドバイスをしてくださり、ブログやツイッターで事前に宣伝までしてくださった。私は週一のペースで先生の事務所を訪ない、そのたびに叱咤激励され、慰労していただいた。先生と幕末の話に花を咲かせながら飲んだ日本酒の味は格別だった。ときどき焼酎に変な虫が入ったのも飲まされたが、いまでは美味だったような気がしている。

おもしろくないと批判されつつ書いた本稿であるが、幸運にもアートデイズの宮島正洋社長のご理解と共感を得て、ようやく形にすることができた。出版が決まったとき、「酔狂な話だ」と丸山先生が笑ったが、まさしくその通りなのだ。今の時代、ホームページもブログもある。無名の書き手が本を出せる可能性など限りなくゼロにちかい。それをあえて書籍にしていただいたという経験は、私にとって至宝であり、このうえない励みにもなった。自分の書いたものが本になり、値段がつく。そのことの意味を、もう一度深く考えてみたいと思っている。この本を買ってくださったすべての方に、心から感謝したい。

本書の出版にあたり、アートデイズのスタッフの皆さん、コギトスムの千﨑研司氏、丸山先生の秘書山本尚宏君、先生のご友人米山純子さんに大変お世話になりました。そして私事ながら、いつも良き理解者でいてくれた両親と姉兄の家族、ずっと励まし続けてくれた磯本輝子さん、十年来の相棒で創作家の小浜小鳥、若くして亡くなった三人の詩友、いつも相談にのってくれた職場の数人の仲間たちに、心から、ありがとうの思いを送ります。

(文中、丸山和也先生とあるのは、弁護士で現在は参議院議員でもある丸山和也氏のことで、氏は詩及び文学に造詣が深いことを一言させていただきたい。)

二〇一二年の早春

著者

幕末は今、何を語るか

丸山和也

この度、島政大君の「幕末歌集――志士たちの墓碑銘」が出版されることになった。幕末とはどのような時代であったかを知る手だてとして、志士たちの遺した歌に斬り込んだ着眼点を高く評価したい。


ところで、幕末は激動の時代である。

人が動き、死に、時代が大きく移り変わる瞬間であった。

この瞬間を永遠に生きた、言い換えれば、永遠を求めて死んでいった多くの人がいた。

これらの人は今でいう若者であったが彼らの国を想う心は熱く激しくて、時には狂おしくそのほとばしりは、荒々しい息吹のまま歌に残されている。

多くは辞世の句と称されるものであるが、彼らの国と民を想う魂の叫びとして後世に残されている。

今、再び世界の中で日本の変革が求められる正にこの時に、彼らの残した歌を通してその魂に迫り得ることは、我々にとってこのうえない幸であると同時に、我々が真剣に歴史に向き合うことを要求されているように思うのである。

このような気持ちから、私自身が高杉晋作の辞世の句の後半部分に自らの思いを添えて完成させてみたのが左の一首である。

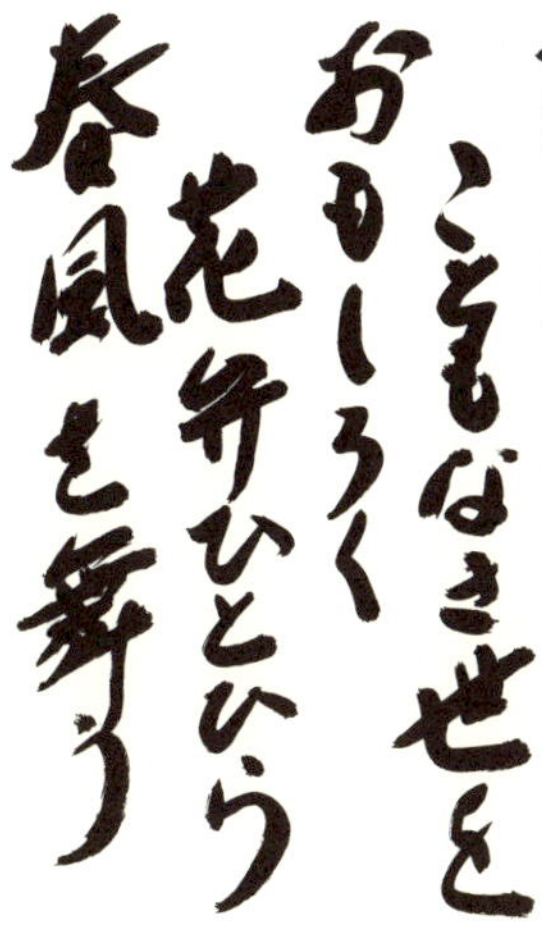
面白き
こともなき世を
おもしろく
花弁ひとひら
春風を舞う